不倫と南米

不伦与南美

BANANA
YOSHIMOTO

〔日〕
吉本芭娜娜 —————— 著

李萍 —————————— 译

上海译文出版社

目录

电　话

　　公司派我去布宜诺斯艾利斯出差。这是我第一次去阿根廷，心想还是尽量住在繁华地带好些，以便了解当地风情，于是预订了位于当地商业街——佛罗里达大街上的一家豪华酒店。

　　抵达当地见到我的导游兼翻译后，没料想这个日裔男子向我道歉说，原本预订的那家酒店当天客满，第一天只好改在另一家。长途旅行后已是疲惫不堪的我也没什么力气多发牢骚，只是说："只要规格一样就好。"反正第一天晚上只是用来睡觉的。

　　这是一次漫长的飞行，途中要经停洛杉矶、圣保罗市，后半程更是无所事事、无聊透顶。因公司经费及人员所限，需要独自一人出差的情况并不少见，但如此大费周折还是第一次。

我在一家设计公司做社长助理。公司的业务不仅包括家居室内装修，也包括饭店内部装潢，甚至菜谱、菜品的设计等各个方面。这次的委托人是一对夫妇，丈夫是阿根廷人，他们要开一家阿根廷风味的家常菜馆。

老板是那种极富敬业精神的人，决不会用便宜货搞点"阿根廷风格"来草草了事。如果有时间，他一定会亲赴当地考察；没时间的话，就派懂得几门外语的我到那里挨家考察众多店铺，并把他们的装修情况拍照记录下来。虽然最终的作品无疑仍是东京街头随处可见的舶来货，但老板似乎懂得魔法，懂得如何去赋予店铺生命，他必定设法把店主人的兴趣爱好巧妙融入设计之中，即便预算不多，也会相应地全面考虑。经我们装修过的店铺即便空无一人时会让人觉得略有缺憾，但一有客人进店就立刻焕发出勃勃生机，因此总是顾客盈门。我喜欢看他魔法生效的瞬间，也喜欢在店里找寻自己的摄影作品留下的印记，加之成为摄影师原本就是我的理想，所以对现在的工作心满意足。

第一眼望去，布宜诺斯艾利斯的确与欧洲街头有些相似，但浓烈的南美气息从各个角落飘出，覆盖了一切。墙壁上的信手涂鸦、广告的艳丽色彩、垃圾飞舞的人行道，还有从未见过的行道树肆无忌惮地伸展着繁茂的枝叶，枝头缀满或红或紫的花朵。不管多么狭窄，只要有一点空间，孩子们就围着足球飞奔追逐。天空也是湛蓝湛蓝的。仿佛没有什么抑制得住南美大陆喷薄欲出的活力，它已经刻在了每个过往行人的脸庞上。

据说这酒店是当地最高档的，不过还是离闹市区远了些。在周围杂乱一片的房舍的映衬下，这座现代化建筑更显得卓尔不群。门前停着一排出租车，门童身穿制服手脚麻利地工作着。一大群十几岁的女孩子，至少有五十个，不知为什么正挤在富丽堂皇的酒店大门处。她们一大堆人叽叽嘎嘎吵闹着，做什么的都有，手拿杂志的，拿着巨幅标语的……不一而足，大概是哪个摇滚歌星在此下榻吧。女孩们的头发、衣服颜色各不相同，就像是小花瓶里塞满了的五颜六色的鲜花一样，看来是打算彻夜守候了。酒店好像不会放她们进入大堂，但也并不打算将她们驱逐出去。这幅情景很是可爱，街市的喧闹似乎也被带到了这里。

穿过满是商务宾客的大厅，终于来到房间。我先冲了个澡，接着下楼去餐厅吃晚饭。餐厅极富情调，使人仿佛置身欧洲。我慢悠悠吃完一大盘意大利面，又简单拍了几张照片后回到房间。经过三十多个小时的长途旅行，现在终于可以散开头发，解下胸罩和腰带，脱掉连裤袜，好好放松一下了。

身体还是僵硬的，浮肿的腿脚似乎快要抽筋了。窗外可以看见温室一样的室内游泳池的顶棚，还有墙壁岌岌可危的古老的教堂。在与酒店正门相对的教堂侧面有一小块草坪，另有一群追星少女在

那里铺上毯子，几个人裹在一起。与守在大门口的女孩子们不同，她们抬头盯着窗户，大概准备通宵守在这里，等那个歌手俯视夜景的时候见上一面。一团团这样的白点点缀在幽幽黑夜中。

我把水放满浴缸，打算舒舒服服泡个澡，然后吃几片安眠药早早睡下。就这样，我在小小的浴缸里躺了下来。

酒店生活最令人烦恼的是洗澡时换洗衣物、洗漱用具等全都被水汽打湿，最惬意的是可以不用清扫、做饭。

泡在热水里，身体的疲倦缓解了许多，差一点睡着。我又慢慢加了点热水，深藏在体内的睡意不觉间受到尖锐的水流声诱惑，渗出体表来。踏上一片未知的土地、时时处在敏感而又紧张的状态之下的身心，仿佛在这热气腾腾的流水中获得解脱，而疲惫却犹如活物，牢牢盘踞在我的体内。

这样不知过了多久，完全泡透的我摇摇晃晃地站起来，光着身子回到房间里。冷气开得很大，却让人感到舒适得恰到好处。打开冰箱拿出一瓶啤酒，借着冰凉的啤酒吃了点药性不强的安眠药，想借此一举消除时差带来的不适。

电视里喋喋不休地讲着西班牙语。我边看电视边喝啤酒，就这样裹在浴巾里坐着。渐渐感到有些冷，于是把冷气调小了些。惹人心烦的空调声一小下来，立刻感觉到了房间里的寂静。除我以外再无其他活动着的生命，灰色的地毯发出幽暗的微光，射灯的光线仅落在手边、脚边，电视屏幕的闪烁充斥着房间的每个角落。睡意无法抑制地袭来，我起身想从行李箱中拿出睡衣。正在这时，电话响了。

大概是安眠药发挥了作用，我的头脑一片混沌，电话看上去白得刺眼，铃声却听起来含糊不清。这铃声慢慢渗入房间的每个角落，像是要挤掉屋里的静默。电话上贴有图示，标出总机、客房服务、外线、叫早服务等号码。我拿起话筒，漫不经心地看了两眼。

看看表，已经是半夜十二点多了。日本正好相反，应该是正午时分。我想，一定是老板打电话来确认我是否平安到达。

"喂。"我拿起电话，可那边传来的只有一片嘈杂。我这时才迷迷糊糊想起，真奇怪！应该不会有人知道我换到这家酒店了呀。

"喂?"我又大声问了一次。这次，隐约有个女人的声音夹杂在一片嗡嗡的杂音中传来。并不是老板，而杂音也清楚地表明，这是国际长途，不是客房之间拨错的电话。

费了好大劲，终于搞清楚是有人在极小声地说着什么，而且是日语。

"请大点声!"

这一次，话筒那边的那个女人一字一顿地大声讲起来："今天早晨，宫本，出车祸死了。他给您添麻烦了。"

虽然杂音依旧，但这两句话听起来异常清晰。每一字每一句都铿锵有力，如同经过高音质喇叭，从耳边径直闯入体内。那种体验跟潜水一样，在水中仅通过肢体语言与对方沟通，不曾运用言语交流，浮出水面后却感觉已与对方说过千言万语。同样的，杂音并非消失，只是被思想摒弃在外。这是一种特别的听闻方式，集中精神，缩短心与心的距离，就这样倾听交流，只有意思径直传递过来。

"什么?!"

好像我的一声惊呼破除了魔法，房间里的一切又都回到现实中，杂音也跟着回来了，那头的电话随之挂断。

我被孤零零地扔在这间幽暗、寂静、仅有电视中轻微的音乐流淌的房间里，呆呆地眺望着电话上贴着的图示，一次接一次举起酒杯，倒一口酒在嘴里，再举，再倒。就这样不知过了多久，啤酒已经微温，味道更加苦涩。

安眠药在我疲惫的身体里发挥到最大效力，我眼皮沉重，完全无法思考，然而意识却异常清晰，仍然处在刚才的电话所造成的强烈冲击中。

电话应该是雅彦的太太打来的，可她是怎么找到这里来的呢？还有，我怎么也无法想象，那个我此刻脑子里所想的雅彦有可能已经从这个世界上消失了？

不可思议。

我试着打他的手机，却被转到了留言服务。打了几次，每次都是这样。他这个手机是在哪里响着呢？医院？他的遗体旁？种种不祥的猜测没完没了。一颗心太想逃避，画面无法清晰浮现出来。雅彦的手机是黑色还是珍珠白来着？不知不觉我又老在思考这些事情。

我一直坐在那里，直到洗过的头发变凉才跟跄着起身。坐得太久，湿漉漉的身体在床上留下一团圆圆的印迹，像是一摊尿渍。我换上睡衣，不由自主地走到窗边再一次向外望去。

心情不同，眼中的风景也发生了改变。女孩们裹着毛毯坐在草地上，宛如一朵朵盛开的白花。刚才还觉得她们如此辛苦，现在却觉得这样一整夜仰望楼上套间的她们看起来是那么甜蜜，都有些羡慕她们了。光是在近旁守护着心爱的人入眠就很开心了吧！光是和朋友一起守夜就很快乐了吧！黑暗中的毛毯看起来宛如天使的翅膀。

也曾想过打电话到雅彦家问问他太太，可是如果他真的死了，问也无济于事；如果他太太打电话来只是想把死讯通知我，我又岂不是恩将仇报？不管关系怎么好，情人终究是情人。

还是睡吧。在明天的晨光中，在没有疲劳、没有安眠药的时候再作考虑吧。如果确实死了，再着急也没有用啊。想到这里，心头一阵阵绞痛袭来，身体发僵，脑袋嗡嗡作响，愁绪从四面八方排山倒海压过来搅动着我的心。在我的体内，惊惧与震撼恍如惊涛骇浪翻腾不止，而我身处的这间从未见过、从未住过的房间却悄无声息。

多么奇妙的组合，全然格格不入的二者。

我就那样开着电视睡下，心中某处却始终无法释怀，一次次从噩梦中惊醒。现实世界是个更大的噩梦，无论身处何方，心境并无不同。想着外面可爱的女孩们，想着她们色彩鲜艳的服装、她们的发型，这才感到一丝暖意。那些美丽的花儿是守护我梦乡的天使。

　　我们俩都很忙。出发前夜，在成田①的酒店见面时已是半夜两点多。雅彦一脸疲倦地从门外进来，递给我一个纸袋说："我做了些饭团，吃吧。"他是一个美食家，我们四年前在工作中相识。那时我只有二十六岁，他长我五岁。两个人意气相投，很快便开始交往。回过神来已经在交往了，要问是始于哪一天，谁都说不清楚。

　　"就喝酒店的茶行吗？"

　　我把电热水壶烧好的开水倒进备好茶包的杯子，沏上了日本茶。

　　"就住一夜，怎么弄得这么乱？"雅彦问我。

　　"我正收拾行李呢。东西胡乱往箱子里一塞就

_____

① 指日本千叶县成田市，是日本成田国际机场所在地。

来了，现在想要重新整理整理，可刚刚乱七八糟塞得进去的东西，叠整齐了却怎么也放不下。正头痛呢。"

"怎么可能?"

"不信你看，这套西装就怎么也放不下了。"

"你把两部相机都随身带着不就行了?"

"太重了，不愿意带。"

"那就再胡乱塞塞看。"

"也试过了，还是不行。"

"看来你是在慌乱间偶然创造了奇迹呢。"

"看来只能这么想了。"

我一边和他这样你一言我一语地说着话，一边吃着他做好的精致的饭团。饭团整整齐齐地摆放在"特百惠"① 餐盒里，加入了各色配料，看上去很是小巧可爱。

"这个芝麻放得太多了吧?"

---

① 美国家居用品商标名。

"我觉得也是。嘴巴发干吧？拍照的时候是好看，可吃起来就太多了。"

"上面撒的芝麻都盖过米饭的味道了。"

"看你，牙上粘得满是芝麻，真吓人。"

"你牙上怎么没有？"

"我会吃啊。"

"哼！"

我常想，如果他和我进行的是这样的对话，那么他们夫妻之间还有什么可说的呢？不过，我不愿意作无谓的猜测，总是尽量避免去想这些。虽然他太太早已得知我们的关系，可她要在娘家那边的店里帮忙，忙得很，一周至少三天住在娘家，又没孩子，再说大家都忙，这才得以风平浪静、相安无事地度日。这种荒诞事也只有在大城市才会发生。就像经常听到的一些故事，里面的人物看似成熟，其实都还很幼稚。

现代人人际交往广泛，很难阻止相互之间发生恋情。尤其在夫妻双方都忙于工作的情况下，婚外情维系起来很简单。这虽然是把责任归咎于环境，但我认为，既然环境成就了这种恋情，那么环境也难辞其咎。除非其间出现什么进退两难的局面，比如我或是他太太怀孕，或者她父母过世，抑或是我任职的公司倒闭等等，有诸如此类的外力介入，事态才会有所改变。我想，终究会有某一瞬间，我们会在外力的作用下体味到真实人生的厚重，而不得不多少改变一点现在的稚气。我并不觉得幼稚可耻，只是不愿意错失这成长的一瞬间。无论那时的自己会如何回顾、评价现在的生活，我都会坦然面对，坦然接受，特别是在恋爱与婚姻都并非永恒的现代社会。

他帮着我收拾行李，两人一直忙活到黎明时分，都累瘫了。没有做爱，十指相扣就睡了。

醒来已是中午，房间里还散发着饭团的味道。

他送我到机场。车窗外，午后的阳光倾泻在千叶县的满眼绿色上。他拖着我的行李箱登上漫长难耐的扶梯，停下来系散开的鞋带，此刻我也正要弯腰提醒他，两个人的头碰在了一起。"好硬的头!"我们几乎同时脱口而出。两人都累得有点情绪低落，我心想这样可不行，请他吃了饭，是顿油乎乎的面条。吃着吃着我不觉伤感起来，他也眉梢垂成八字感叹道："真不爱来机场，总是惹人伤心。"在出境行李检查处作别时，他一直在向我挥手。

清晨醒来，仍是心有余悸。在做准备工作时，我看到了那个"特百惠"餐盒，原本是想说不定会用得着才放进行李箱的。我紧紧抱住它哭了一会儿，虽然已经闻不到饭团的味道。

他留给情人的只有这个餐盒而已。

为了阻止自己胡思乱想，我干活极为快速卖力，大概也正因如此，摄影工作进行得异常顺利。我和我的翻译兼导游一起跑了近十家店，品品酒，间或吃吃东西，拍了许多照片，其间的我就像是一部机器。

工作太顺利，下午的行程安排完全空了出来。

导游问我是想去坐船、购物，还是去教堂，我说想去看看当地人常说起的"卢汉①的圣母马利亚"。

多次听闻过相关传说，据说是运送圣母马利亚像的马车②行至该地便怎么都动弹不得，于是人们就在原地修建教堂加以供奉。据说她是阿根廷的守护神，同时也是交通安全的保护神。这里发生过许多奇迹。假如雅彦已死，事到如今也无法期待会有什么奇迹发生，可我至少还想为他祈祷，祈祷他升入天国。

乘车过了一个小时多一点，我来到了卢汉小城。这里景致平平，没什么特色，但气氛温馨。有个小广场，一家挨一家满是卖纪念品的小摊，在此还可以看到教堂那两座古老的尖塔，较之欧洲要古朴得多。

教堂里面空荡荡的，连彩色玻璃也朴实无华。

---

① 阿根廷布宜诺斯艾利斯省的一个城市，也是全国朝圣中心，濒临卢汉河。
② 一说为牛车。

那尊圣母马利亚像随随便便摆放在这平淡无奇的教堂的最深处——正面祭坛内侧高处。神像不大，头部更是小巧，闪着金色光芒。她身穿淡蓝色圣袍，一双小手像观音菩萨一样合在胸前。远远地看不清表情，面部黝黑，看起来非常古旧。

我一心祷告，祈求不要让雅彦受苦。我决定为他虔诚祈祷十分钟，不让回忆和思念有空可钻。设定好手表上的闹钟功能，一心一意祈祷起来，血管都要爆裂了。悲伤的人是我，可死去的是他本人，最惊恐的也是他本人吧。不管怎样，如果我在人世间的祈祷能够把我的能量传送给他的话，我希望能给他我的所有，让他得到安息。导游大概是从我异乎寻常的祈祷方式中嗅出了些什么，跑出去散步了。我并不理会身后传来的关门声，继续祈祷。我拼命祈祷着，几乎到了流鼻血的地步。我要感激他对我的好，忘记他的不好。

闹钟小声响起，祈祷完毕。大概太过投入了，鼻血竟真的滴答滴答流下来。拿手一擦，手背上留下一道血痕。雅彦一定流了很多血吧，我仅凭少得可怜的信息在猜测，还没想到真正的伤心处，回到日本后会更为悲恸吧。人在旅途，感觉总是不太真切，但泪水还是止不住涌了出来。

"你不要紧吧?"旁边坐着的一位胖胖的老太太问我，说着还递过来一条脏乎乎的手绢。虽然觉得脏，我还是接过来。手绢上有一股好闻的檀香味。

"可是要弄脏了。"

我不好说原本就很脏，于是一边流着鼻血和眼泪，一边这样说。

"送给你了。"

说完，她走了。那种若有若无的关怀最能让人触动，我真的放声痛哭起来，哭过之后用手绢使劲擦干眼泪和血水，推开沉重的大门走了出去。

外面一切如旧，依然是一片阴沉的天空，行道树笔直地延伸向远方。我在厕所洗了洗脸，和导游一起去散步，眼睛还肿着。恍如置身噩梦之中，而呈现在我眼前的一切都是极为慵懒的日暮风景，小城一派祥和、悠闲，云彩染上了一层淡淡的绯红。也有人关上了店门，匆匆往家赶。至于我，即便是回到日本，生活中除了为数不多的几个朋友之外也就一无所有了。没有人在等我。

第二家酒店与前一家截然不同，位于繁华闹市。门外就是熙熙攘攘穿梭往来的人流，很是热闹。晚上，我独自信步街头，又拍了许多店面装修的样片。

疲惫不堪地回到房间，这才想起，糟了，忘记给老板打电话了！也好，借机可以转弯抹角地向他打听一下雅彦的事情。可转念想到求证之后噩耗成真的痛楚，又不觉踌躇起来。正当我磨磨蹭蹭收拾着东西时，电话铃响了。

"喂。"我拿起电话。

"你昨天怎么没住这家酒店啊？害我担心呢。"杂音的那头传来雅彦的声音。我跌坐当场，仿佛黑暗中光明闪现。

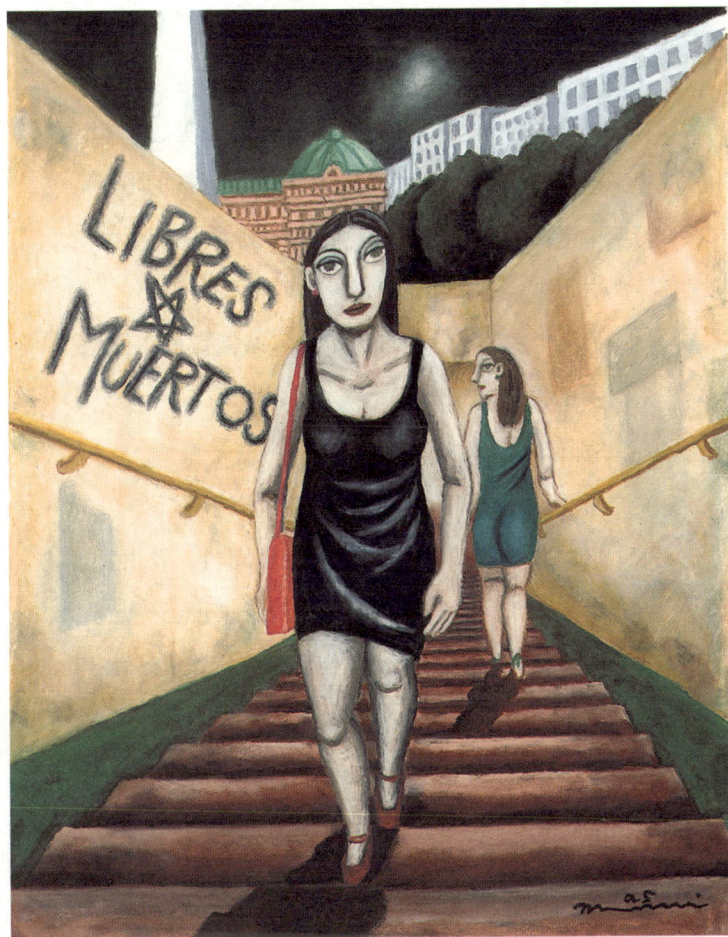

我哽咽着说:"昨天客满了。"

　　"那也要给我留个言嘛。"

　　可你死了,留言又有什么用?我心里这样想,却又不能告诉他。不觉又想起昨晚给他打的电话,想象中电话的那端应该是他的遗体躺着。这情境依然挥之不去,看来伤痕已然刻上了心头。

　　他又说:"就是为了你,我这么懒散的人才去买的手机啊。"

　　"那你在家也要开机啊。"

　　"我可不愿意工作上的电话打到家里来。"

　　电话那头依旧是那个活生生、固执、爱出汗、声音嘶哑的雅彦。这些对于现在的我来说已经足够欣喜若狂了,我这才发现自己是那么爱他。我想哭,可一想到那个女人的恶劣行径,想到她执著到甚至跟踪调查出我住处的变动,而自己却天真地把那当成善意,我就懊恼不已。不能哭!一定要忍住才行!

　　于是,我只是说:"不好意思,当时太累了,拨了一次电话没通，我就睡了。"

　　单纯的他情绪立刻好转了，说："记得给我买马特茶①回来啊。"一切又都恢复到往昔，真是太好了！我用先前得到的那块满是血迹的手绢擦着眼泪想。

　　今后当我回忆起在布宜诺斯艾利斯那家酒店度过的那一夜，一定也会记得雅彦的遗体，以及那些夜晚在草坪上为自己喜爱的明星守护梦乡的天使们，还有那尊小巧古旧的圣母像和这方香香的脏手绢。

　　我不知道这些回忆是否可以称之为美好，但有一点可以肯定，那就是：这是人世间难得一遇的一段奇妙经历。

----

① 南美特产，由马特树树叶制成。

最后一天

　　"这一定是远古龟类留下的骨骼。"我这样想着朝骨骼那头的复原图望去，却原来是与龟类毫无共通之处的形似犀牛的恐龙。真是不可思议！正想着，看了下表忽然记起：今天是 1998 年 4 月 27 日，我被预言将在这一天死去。

　　"没想到这一天竟然会在阿根廷度过，这才是叫人难以预料的啊。"

　　对于幼时的我来说，未来是全然未知的世界。那个冬日的午后清晰地浮现在我的脑际——我躺在被炉里面，天马行空地遐想着：如果那天我将面对死亡，我会是已婚，还是独自生活？会住在怎样的房子里？……父母家的那个房间至今仍然难以忘怀。被炉上的被子触感松软，午后的阳光透过母亲辛苦缝制的色彩靓丽的窗帘倾泻进来。外面有棵柿子树，树上结着小柿子。那树已经不在了吧。父母家也已重建，没有了宽敞的日式房间。现在母亲只是在自己房间里摆上一个小小的被炉。

如果有人对那天的我说："将来那一天，你会一个人待在阿根廷的博物馆里，而且还会回忆起那个在被炉里仰望天空、对最后一天做着种种猜测的幼年的自己。"我一定不会相信的吧。

感慨过后，那件本该完全忘却的事，也就是我的死期被预言的事，以及与此相关的种种纠缠在一起的阴冷的思绪团块重新从胸腔深处被唤醒。

那种空洞的感觉很适合现在身处的这个空间：空旷的大厅里展出的净是些当今世上再不可能存在的物品，过道里只有"咯噔咯噔"的皮鞋声在回荡。

几乎没有其他什么人，只是偶尔会与几群记着笔记、窃窃私语的学生擦肩而过。我漫不经心地看着展览，继续向前走去，心情与之前已是大不相同。

我那已过世多年的外婆是个性格极为冲动且十分严厉的人。她拥有四柱推命①某一特别流派颁发的占卜资格，一直帮人算命到晚年。她十分疼爱我，一直为我担心。

我母亲是她的亲生女儿。母亲嫁给父亲后，房子就盖在了外婆家近旁。从这件事情上看，母女俩应该非常贴心才对，可是在我的记忆中，她们之间整天冲突不断，甚至较婆媳关系更为恶劣。

据说生我的时候是难产，母亲坚持到了体力的极限，一番痛苦挣扎后才把我生下来。可我一落地，外婆记下时辰就立刻跑回家算我的人生命运去了。

---

① 利用生辰的年、月、日、时四要素与干支、五行相配合进行的占卜。

"当时我失血过多都快死了，可你外婆却得意洋洋地跑来告诉我你的死期。"

即便现在我都快四十了，母亲还是常常恨恨地跟我提起这件事情。

母亲一定很生气吧。不过在我看来，满脑子都是占卜的外婆一定是看外孙女出生了，兴奋过了头，是想不管怎样自己也要尽点力吧。除了死期，不是也算过一生命运了吗？外婆自己也常常这样说。

然而，那时碰巧父亲出差不在，对产房中越发显得孤独的母亲来说，那是个巨大的打击，只留下了"你外婆是来通知外孙女死期的"印象。这个误会导致两人关系日趋紧张。也难怪母亲窝火，命悬一线的头次生产终于平安度过，正给我这个来之不易的娇嫩的小生命喂奶呢，谁知外婆风风火火地跑来，生孩子的辛苦问也不问一声，就洋洋自得地预言起新生婴儿的死期来。

这在旁人看来是个笑话，可当事人的悲哀并不难理解。外婆的不知轻重一定像根小刺，三番五次地刺痛着母亲的人生，并不是事情过去就完了的。我之所以会有这样切身的感触，是因为在怨恨的不断蔓延中不得不倾听双方争执的我结果反而成了最感悲伤的人。

"丧气死了，眼前的白床单看上去都成黑色的了。"母亲还是笑着说，"都说眼前发黑，还真会有那样的事呢。"

病房里，荧光灯照射下的那两个永远无法相互谅解的女人……

这是常常出现在我想象中的一幕，冰冷而又凄凉。

站在母亲的角度，她一定是想向我吐吐苦水，希望我自己认清道理，不要跟外婆那么亲近吧。现在，我可以笑对这一切了，然而对于年幼的我来说，外婆也好，母亲也好，所有相关人物的一切行径都显得那么残酷不近人情，让人抑郁。唉，可能这就是遗传吧。

我不知道外婆给母亲造成的心灵创伤有多深，只是每当谈起这个话题，母亲总是怒气冲冲的。半开玩笑时也好，回忆往事时也好，我想她是真的从心底里记恨外婆吧。

"不要紧，你不会死的！你外婆把自己的死期也算错了呢。"

笑着说这话的母亲眼睛眯成了初三的月牙，那副残忍的表情让我感到恐惧。比起自己说不定会在久远的某一天死去，她们两个人更令我害怕。

我曾问过母亲："外婆死的时候，有没有说算错了？"

"她才不会说呢。不过说实话，我看她自己的没算准，这才松了口气。一直为你担着心呢。要是她的准了，那以后你的也没准会被说中，想到这我就后怕。"

从一开始我就对这件事情不以为然，虽说心里难免有些疙瘩，但还是毫不理会地过着自己的日子。当然，暗示的力量是可怕的，但更令人恐惧的是外婆和母亲她们在运用这种力量时所表现出来的人类的那种沾沾自喜。我甚至想，与我的生死相比，母亲可能更希望外婆算错？她的那种争强好胜的心理可能要更强烈些？我所惧怕的从来都是人们内心的欲念，而不是来自命运或自然界的威胁。

厕所边上有电话可以打国际长途，忽然想给母亲打个电话。再想想还是算了吧，十二个小时的时差，那边正是半夜。

"而且，还不知道结果呢，没准今天待会儿就会死啊。"

我自言自语说完，不觉笑了起来。

之后，我又仔细看完遗址中的出土物品、头部留有手术痕迹的人骨、大小不等的干尸，然后走了出去。

馆内是阴暗、冷飕飕的灰色世界，空气中散发着霉味。一到外面，天高气爽，正面的台阶上洒满崭新的阳光，清新的风摇曳着路旁参天大树的绿叶，交错的树枝在沥青路面上留下一幅斑驳的画面。

我身后是没被容许湮没在自然界中而井井有条陈列出来的物品，我面前是此时此刻在这个世界上真实生存着的人、动物、植物。有散步的人们、狗、鸽子……这众多的生命被随意撒播在世间的每个角落。

我呆呆地凝望这种落差，片刻后离开了。

和丈夫约好在入住酒店的大堂碰面，现在已经有些晚了，我急急忙忙赶回酒店。

丈夫这个人有些与众不同。他的梦想是把班多纽手风琴①——一种阿根廷音乐中必不可少、但据说现在已无人制造的乐器——带到日本，在日本制造，并培养演奏人才。他虽已年近五十，但可能由于童年时代是在布宜诺斯艾利斯度过的，所以比一般五十多岁的日本人显得年轻，服装的品位与色彩

---

① 德语为 bandoneon，一种乐器。

搭配跟别人不尽相同，饮食习惯也很独特，像是一直生活在老外圈子里。他年幼时常被父母带去看探戈秀，完全被探戈的魅力所征服，把人生奉献给了探戈。我们家里墙上贴着皮亚佐拉①的海报，那些像是从电影中走出来的身材修长、容貌俊美、动作灵巧的探戈舞者也时常来我们家小住，就在我家公寓的那间日式房间里打地铺。托他的福，我也得以领略到许多有趣的异国风情。他人缘好又充满热情，所以从相当年轻时起就一直从事与探戈相关的各种工作了。

这次他是来与阿根廷一个年轻人组建的乐队协商赴日本演出的事宜。与平时的出差相比，这次时间很充裕，于是我也跟着来享受假期。

因为是第一次来到这个国家，又听说酒店大堂里也会有小偷，我极不自然地抱紧了包在大堂里转来转去。没看到丈夫，去服务台一问，说有一个给

---

① 阿斯特尔·皮亚佐拉（1921—1992），阿根廷作曲家、乐团指挥家，被誉为"探戈之父"。

我的英文留言。

"因为要加班，看来今天晚上不能早回了。我一天都窝在录音棚里，不方便联系，晚饭你也自己解决吧。不过明天有一天空闲，我们白天观光，晚上去看探戈秀吧。"

真是的，要是我今天死了，你一定会后悔的。我这样想着，不觉莞尔。于是让服务台帮忙叫了辆出租车，决定乘车去旅游手册上介绍的"提格雷①"。

我坐在出租车上细细看着悠闲漫步在午后街头的人们，散落在城市中的各种或整洁或肮脏或平凡或独特的事物令还未习惯国外环境的我目不暇接。就算今天死掉了也没什么可难过的了，我这样想。

倒不是因为人生单调、乏味，而是我从小就一直抱有这样的观点。不知这是否源于为了不卷入外婆与母亲之间的恩怨而产生的智慧。对于我来说，一天的光阴总像是一个伸缩自如的大大的橡皮球。

---

① 阿根廷港口城市，旅游业兴盛。

置身其中，偶尔不经意地凝望过去，面前会毫无征兆地突然出现一个瞬间，如蜜般甜美、丰润，仿佛永远不会消失，令人陶醉……我会情不自禁地沉浸其中，久久地、全身心地体味它的美妙。

就如同今天午后，听着博物馆寂静的走廊上悠悠回荡着自己的皮鞋声的那个瞬间，看着玻璃瓶里相依相偎的两具婴儿干尸的那个瞬间，盯着那小小的手骨、小小的头盖骨，那一刻，我不禁产生了一个错觉：仿佛整个博物馆在静静地呼吸着。那时的我是这个世界的一部分，没有被分隔开来。

对于我，人生就是这样许多瞬间的不断重复，而不是一个连续的故事。因此，无论人生在哪里戛然而止，我想我都会欣然接受吧。

到了提格雷，跟司机说好让他来接我，然后准备乘船游巴拉那河①。日渐西沉，天边一抹薄云，

① 南美洲第二大河，全长 5290 公里，流域面积 280 万平方公里。

气温也降了下来。

我一上船，小船就开动了。沿途的河水浑浊而平静，河风轻抚着我的脸颊。

河两岸是各式各样的房屋，向人们清楚地展示着在日本难以想象的贫富差距。有的房子破烂不堪，凌乱地晾着一些衣服，脏兮兮的小孩光着脚跑来跑去。与此同时，又见有的房子前面拴着好几艘精美的小艇，还有镶嵌着大玻璃窗、能够享受日光的明亮房间，甚至能看到里面考究的家具，大概是周末休闲别墅吧。游览途中有好几次跟练习划橡皮艇的年轻人或者其他观光船只缓缓擦肩而过。

南美特有的火辣辣的阳光偶尔透过云层照射下来，景色随之一变，那种变化美得绚烂夺目。浑浊的河水散发出黄金般的光辉，无论陋室豪宅，都同处在一片耀眼的光芒之中。

一边喝着船员送来的甜味饮料，吃着较之更甜的饼干，一边不知疲倦地欣赏着这种变化，人都醉了。

同船的美国游客和当地的情侣们不时低声细语交谈着，或闲聊生活琐事，或交换爱的私语，那声音混杂在引擎声与水流声中，是如此的悦耳动听。

蓦然想起：不知什么时候我也曾有过同样的心情。

想了片刻终于记起：那是婚前和丈夫一起去伊东①旅行时的事了。

遇到丈夫前，我曾有过一段不伦恋情。

那个人是我以前公司的上司，一位皮亚佐拉的崇拜者。

因此，每当丈夫清晨在起居室大声放皮亚佐拉的音乐时，不管是多么不出名的曲子，我都会难以忍受，至今如此。

我完全不适合不伦之恋。人们经常说是否适合要做过之后才知道，事实果真如此。每当周六清晨那个人离开我回家去后，我总会怔怔地凝视着飘浮

---

① 日本城市名，位于静冈县东部，伊豆半岛东岸。

在晨光中的粒粒微尘想：直到刚才我们还在一起品味着相同的咖啡，谈论着同一个碟子里煎蛋的味道，现在，他却不在了。刚才放的CD还没有结束，却已不能跟他联系了。这同死亡又有多大区别？我完全无法适应那种难耐的寂寞。每当这时，我会倾听片刻皮亚佐拉那强劲有力的音乐，只有这样，时间才会回到我身边，我才得以开始属于我的周六，在经过百般努力之后。

可能是感到厌倦了吧，我在发现怀孕时决定和他分手，独自生下孩子。于是我辞去工作，避到北海道的亲戚家。

这样的举动连我自己都感到意外。

不久，当他和他太太两个人来到北海道、低声下气求我拿掉孩子时，我没有动摇。可孩子还是因为早产而很快离我而去，身体也难以再次受孕。可即便是高龄产妇，只要能怀上孕，我还是会生的。在北海道待产期间我很快乐，我会和胎儿说话，为他操心，这让我觉得自己并不孤单。他死去的时候，我难过地流下了眼泪，就像死去的是我相交已久的朋友。假如能有机会再度体会待产时的那种心情，我想我会非常开心。

我和丈夫的相识是在我和我的上司男友一起去听的一场小提琴演奏会上，那场演奏会安排了许多皮亚佐拉的曲子。丈夫在接待处，胖墩墩的，头顶微秃，却充满活力，眼睛像小狗一样黝黑、灵动，给人留下很深的印象。他穿的西装非常得体。我暗自感叹：原来西装并不是为了显得好看或精神才穿的，在公众场合工作时也可以穿得这么有气势啊。

在这之前，我一直认为我的那个他身穿时常被他太太拿去洗衣店清洗的西装很是英俊伟岸。他要求衣服尺寸边边角角都要合体。在我房间里脱衬衣的时候，袖口时常会露出洗衣店的标签，那种井然有序的家庭气息让我无法喘息。然而那一刻，男友的西装却第一次显得如此寒酸。看着丈夫，我才彻底领悟到：服装只是为了人们的需要，再无更多含义。男人之所以显得英武，是因为他本身就英武，服装无关紧要。丈夫的衣着打扮和言行举止对我就是有如此之大的影响力。

我和男友工作的那家公司是演奏会的出资方，所以我后来的丈夫过来跟我们打招呼。他当时就让我感觉非常舒服。我想：这真是个优秀的人，嫁给他这种人应该不会错吧。

在回去的路上，我向男友询问起他是个怎样的人。男友给我的描述是："探戈狂，好像连婚也没结。"这也进一步加深了我对他的好感。

从北海道回来之后，我没了工作，和男友更是理所当然彻底断绝了关系（他和太太一起来的北海道，没办法……孩子的死我也没通知他）。我想着或许可以在探戈音乐会上再见到"探戈狂"，就去看了看，他果然正在大厅徘徊。我们站着闲谈了一会儿，以此为契机开始了交往。

结婚前的那个冬天，丈夫说有个假期，约我开车去远游。我们住在下田①的一家旅馆里，不知不觉就谈到了结婚，接着话题突然转入到今后住哪里的问题。我们铺开东京地图，还计算起了房租。两个人泡泡澡，喝喝啤酒，随意横躺着，绞尽脑汁盘算了又盘算。

要回去的时候难舍难分，彼此提议再多住一晚。那真是个可爱的瞬间。在可以眺望到大海的蜿蜒曲折的公路上，我们不约而同作出决定：不用早早回到东京去好好休息，就是要待在海边，就算明天再累也不要紧。

我们在伊东找到了住处。那天冷得厉害。当一个人泡在女用露天浴池时，我周身都是小小的幸福。

大概是过于寒冷的关系，露天浴池凉得很。一从水中露出身体，夹杂着雨雪的冷风就猛地扑来，我冻得直打哆嗦。快冻僵的椰子树就像要被风刮跑

---

① 日本城市名，位于静冈县伊豆半岛南部，远洋渔业基地，多历史遗址和温泉。

的海鸥——眼前是一片凌乱的冬日景象。面前一望无际的大海都是灰色的，狂风在海面上掀起层层波浪，呈现出一个个尖尖的锯齿状三角形。不能在空气里暴露太久，于是我只把脑袋露出水面，欣赏着冬日大海这壮阔的景致。

额头冰凉，但身体是温暖的。

经历过多，心理会变得有些阴暗、有些寂寞空虚，然而展现在眼前的是远远超越内心的一片勃勃生机……这种时候，我总会觉得被某种巨大的东西拥在怀中，内心雪白一片。

除了"充足"一词，在当时再无其他更恰如其分的词语可以表现了。

游览适时而止，当我带着阳光的印记和恰到好处的疲惫愉悦地回到酒店时，丈夫还没回来。

回到房间冲了个澡，然后叫了份外卖，精美的银器被隆重地送到房间。我忍不住嘀咕："这也叫外卖乌冬面……"吃着难吃至极的意大利面，我从冰箱里拿出一小瓶香槟酒，打开瓶塞，为我人生的最后一夜干杯！

喝着酒给母亲打了个电话。"那种事你还记得啊，真是对不住。"之后又听她发泄了一通怨愤："你外婆也真是的……"挂断电话看看表，十一点了。

看来外婆的预言不太可能成真了。玻璃酒杯在微弱的灯光斜射下闪动着柔和的光泽，看着泡沫优美地从杯底升腾而起，我把酒一饮而尽，心情舒畅极了。

躺在床上看着书，不知不觉间开着灯就睡着了。

灯突然间熄灭，我一下子被惊醒。

一看，原来是丈夫爬上旁边那张床钻进被窝准备睡觉了。

看看表，十二点四十五分了。

这一天结束了，我松了口气，决定继续睡，也没和丈夫说话。迷迷糊糊之中我想起刚才最后一眼中的丈夫：脖颈的皱纹，放在被子外面的手上那短短的指甲，耳际有着薄薄茸毛的发线，脊背棱角分明的线条……这些都一直被我视为风景。

如果我先他而去，比如就在今天，那么他会继续在我们两人生活过的那个家中过下去吧。他还是会每天早晨煮杯咖啡，仍然在那间充满着我的气息的起居室里。不是两杯，而是一杯。丈夫总是一只大手拿着调羹，另一只大手从冰箱里拿出瓶子，舀出咖啡粉倒在滤纸上。我想象着这一幕，就像在观看电影画面一般。我说他煮得好喝，他就总是替我煮好。要是我不在了，说不了话，就没人夸他了，他还会一个人把音响声音开得很大，边听音乐边煮香浓的咖啡吗？在那间屋子里，在那晨光中……

那场景让我的心一阵阵揪紧。

这一年的这一天的这一夜，我会在为这些幼时完全无法预料到的事情而揪心，人生如此，怎能不感到欢喜？

小小的黑暗

　　从事进口贸易的父亲到布宜诺斯艾利斯出差，我也跟来了，可是由于毫无专业知识，根本帮不上忙。对于我来说，尽管满街白人，街道又过于类似欧洲，但南美那特有的、凝重到令人伤感的蓝天，还有蓝花楹①四处伸展的枝条，还是让我感觉十分新鲜。

　　不知为什么，街上来来往往的女孩子都显得格外老气。二十一岁的我看起来简直就像个中学生吧。一个人走在街上，没有人上前搭讪，也没有遇到小偷。或许是身上那条让酒店餐厅侧目的旧牛仔裤和那件中奖得来的陈旧过时的"灌篮高手"T恤穿对了吧。如果再披上件牛仔外套，就完全是一个贫困的旅行者的模样了。加上父亲曾告诫我，一个人出门，再谨慎也不为过，因此我就空着手走在大街上。

那天，父亲和我分头行动，他一个人急急忙忙买吉他去了。他喜爱古典吉他，演奏更是达到了专业水平，他来这个国家既不是为了观光，说实话也不是为了出差，是专为买吉他而来的。生意上的事昨天就办完了，所以今天一早他就满面生辉的样子，连早饭时间也满脑子都是琴行的事。我一开始也去了那家小店，那里果真摆满了精致的吉他，这些乐器倾注了制作者的心血，经过一双双手精心制作、打磨，最终得以在演奏中愈加焕发出生命的光彩……其中蕴含着蓬勃向上的生命之美啊。父亲眼睛里闪烁着光，一把一把拿在手里试弹，然后又因无法取舍而发出声声叹息。看样子每把都太出色，让他左右为难，他这一整天都会耗在这里了吧。于是，我跟他说好在酒店会合就离开了。

---

① 紫葳科落叶乔木，花紫蓝色，适做庭院树、行道树。原产巴西、阿根廷、玻利维亚等地。拉丁文为 Jacaranda。

我之前看过麦当娜主演的那部电影，所以想去看看贝隆夫人①墓，于是坐上市内公交车前往瑞科莱塔公墓。

墓园里绿意盎然，就像是一座花园。那里有许多人在遛狗，还有一个人带着几十条狗的，我想那应该是他的工作吧。墓园里面建有教堂，教堂顶上耸立着高高的尖塔。我走进了墓园。

这里和我想象中的墓地截然不同，里面建有许多异常雄伟的建筑，每一块墓地都是一座高高矗立着的"房屋"。我心想，这里简直就是住宅区嘛。宽阔的道路两侧，"房屋"鳞次栉比，一直延伸至远方。安放骨灰的灵堂大得可以容纳好几个活人。眼前除了死者们的家还是家，有天使、人物、耶稣以及圣母马利亚的雕像点缀其间。有的墓建有小小的教堂；有的墓建有带玻璃窗和自动门的灵堂，里

---

① 艾薇塔·贝隆（1919—1951），阿根廷前总统贝隆的夫人，为阿根廷的社会保障、劳工待遇、医疗等方面作出卓越贡献。其事迹曾被改编为电影《贝隆夫人》，由美国影星麦当娜主演。

面分层放置着美丽的棺椁；还有的墓建有台阶，直通地下。贝隆夫人墓前摆满鲜花，可见时至今日仍然不断有人前来悼念。然而这一整片公墓都拥有宛如美术馆般的豪华外观，位于其中的它相形之下还是略逊风采。

寂静午后的阳光，还有这悄无声息的死者们的安息之所……不由让我想起以前和父母一起去过的庞贝遗址。街道仍在，却难觅居住者们的踪迹，唯有静寂。那时至今日似乎还留有当日生活气息的石头建筑，那在蓝天的映衬下永远死一般沉寂的街道……

每一个这般井然有序、经过精心装饰的建筑似乎都可以容纳五十多个母亲长眠着的坟墓。

母亲的坟实在太小，小巧到即便在日本的坟墓当中也很难找到。

这里棒极了！我想，如果我有了钱，也要给母亲建一座这么气派的坟墓。但随即我又打消了这个念头。

因为我马上记起，母亲是最不愿意进到这种"小房子"里去的。

待在这种死者云集的场所，会很自然地怀念起死去的人。无论向左转还是向右拐，面前都是不见尽头的"墓之街"，都同样有精美的装饰和鲜花陪衬。阳光照射下的阴影轮廓分明，人就如同行走在梦境之中。我不禁怀疑：如果一直走下去，和死亡之国的界限会不会就此自然消失不见，一步跨到那边去了呢？

母亲三年前死于癌症。我是独生女，很黏妈妈，所以很长一段时间我都沉浸在悲痛之中，高中也没能顺利毕业，比其他人又多待了一年。篮球部那些称我为学姐的学弟学妹们成了我的同级同学，因此"学姐"也成了我的外号。到了毕业的时候，低年级和同年级的都叫着我"学姐"祝贺我毕业，真的让人很开心。那时，家里面母亲遗留下的那丝淡淡的轻柔气息已经完全消散，我也已经适应了粗心大意的父亲和随意任性的我两个人生活。母亲就这样从这个世上无声无息地消失了。

印象中的母亲总是一副无精打采的样子，这让我从小就担心她不能长寿。她从不直白自己的欲望，连大笑都很少，老像是对什么事灰了心。原本我以为她是受了个性不太活泼、老实巴交的父亲影响，后来，参加葬礼的她昔日的朋友告诉我，母亲生性如此，没有什么想要这样或者那样的强烈欲望，给人的感觉从来都是被动接受。

母亲的母亲，也就是我的外婆，是一个寓居巴黎的名画家的情人，母亲是个私生女。据说外公一年之中有三个多月住在日本，外婆就是他这段时间的当地妻子。他们两人早已过世，我都不曾见过，偶尔听说有画展前去看时，我都不禁要"嗬！"一声。看着那幅主色调恰是我所喜欢的浅蓝色的画，我会感到很奇妙：我身体里流着他的血啊！展出的作品里也有外婆的肖像画，眼睛酷似母亲。我本想买下，怎奈上面标了天价。

外公步入年迈之境后竟突然陷入一场狂热的恋爱，他抛弃结发妻子还有外婆，和一个二十几岁的女孩结了婚。发妻结局如何我不得而知，外婆可是因此而精神失常。失去一切的她当时有着怎样的无尽哀叹！

母亲只有在说起外婆的这段往事的时候，才会投入异样的热情。

无精打采的母亲总是让我担忧她会不会突然间消失，然而说起这些时，她却不知怎的显得格外坚强有力。

看看表，快下午三点了。

墓园里阳光正强烈，我再次缓步从贝隆夫人墓旁边走过，观看那里陈列着的各类献词，还有反射着太阳光的黑色花岗岩，之后来到一棵大树下，坐下稍事休息。阵阵微风拂过，吹干了我的汗水。为什么墓地里总会长有这种枝条低垂的大树呢？是为了抚慰死者，还是因为汲取了死者的力量才长得如此高大？

父亲大概还在挑选吉他吧。

好脾气的父亲，把古典吉他视为世间最爱的父亲。

听说父母新婚旅行时也是来的这里。那时候，父亲也买了把吉他。父亲说，他一把一把试弹，母亲侧耳倾听，耐心地陪他挑选。后来，母亲指着其中一把——就是现在家里这把——说，这就是你要的琴声。你妈妈她啊，就有这种超乎寻常的地方，就是这点把我完全迷住了……这是父亲一直津津乐道的甜美往事。

母亲跟父亲的关系基本上可以说是非常恩爱，只是在我看来，父亲有些奇怪。我了解祖父母，他们都没有什么特别的地方，看来那个怪癖是父亲独有的，我从小就这么想。

比如说，父亲过生日，母亲会一大早就开始忙活父亲爱吃的饭菜。父亲会说，一定早些回来，晚的话会打电话。我也会牵挂着这件事，社团活动一结束就赶紧回家。但是等到有一定判断力的年龄，我渐渐留意到，每逢那种日子，父亲一定是直到很晚才醉醺醺地回家，电话也不打一个，而母亲或我的生日时又另当别论，无论早退也好，甚至请病假也好，他总会待在家里。一到以父亲为中心的情况，像升职、自立门户，甚至是为因挚友意外身亡而消沉的他举行的慰问会，我们都在等他回家吃饭，他却总是避开。要是叫上亲戚或客人来，情形就更严重，结局每每变成没有父亲在场的聚餐，客人走后才见到喝得酩酊大醉的他被人抬回家。

从我小时候起直到母亲去世为止，我和母亲曾为此不知责备过父亲多少次。

父亲难过地解释说："我自己也没办法啊。不知怎么，一想到有人在等我，我就害怕。挪不动腿，一耽搁就晚了。这样就更没脸打电话回家了，只能去喝酒。我一想到说不定会辜负别人的期望，心里就发虚。"

这或许是一种心病吧。后来，我和母亲也渐渐停止了公开庆祝。我想，那一定是触动了父亲内心深处的某种伤痛吧。这样的一个父亲却能够独创一番事业，真是不容易。只是，在外面越是硬撑，内心的伤口就扯得越大吧。

尽管如此，我和母亲还是想方设法尽可能别出心裁地为他庆祝。

我们曾在父亲生日的前一晚，等他睡熟后再悄悄起身把礼物摆到桌上，蹑手蹑脚做好菜，在半夜两点把他弄醒，大家一起穿着睡衣举杯庆贺。我们的这个花样也的确使父亲得以解脱。到了生日当天，他会睡眼蒙眬地去上班，然后像往常一样回家，像往常一样吃晚饭，并没有表现出非常感激我们为他做到那种程度的样子。我想，那既是一种爱的表示，也是人性的软弱之处吧。

那个话题我只听母亲对我提起过两次。

一次是在我上小学的时候。那时我们还都在试图纠正父亲的坏习惯。是为了庆祝什么来着？好像是父亲提议暑假一起去国外度假，于是我们说要准备一餐盛宴作为答谢。

　　母亲选来选去选中了天麸罗①，准备好了一直等着。我等得不耐烦了，因为知道反正父亲多半还是照旧不会回来，就索性自己泡了杯面先吃起来，也分了一口给母亲。

　　她嚼着面说了一句："要是他在外面另有女人，事情就糟糕得多呢。"

　　"可不是。我爸死认真，家里这么一个正经八百的场面，他怎么受得了？"我说。

　　"这可都准备好了，油也倒进锅了，材料也备齐了，就这么等着一顿无望的晚餐。唉，我觉得就像进了箱子里。"

　　"什么？"我问，一个莫名其妙的比喻。

---

① 裹面油炸虾、鱼等。

"我想，现在你爸在外面一定也是同样的心情吧。或许就是这一点吸引着我们走到了一起吧。伤心人对伤心人啊。一想到这儿，我就忍不住难受。平日里积累的开心事啦，脚踩在地上的踏实感觉啦，全都成了幻觉，就像一直待在箱子里。觉得好像是因为爱，因为珍惜，才被关在箱子里的。为什么你爸心里会有恐惧，会害怕成为一个完美的父亲呢？或许每个人都有同样的心结吧。怕的就是这个啊。"

"那又有什么关系呢，不是还有我吗？就算你们两个在箱子里，可我没有啊。等也没用，回不来的。还不如炸天麸罗给我吃呢。凉了就搁在那儿，自己先睡吧。我想，爸也会觉得那样更好过些。"

母亲听了我的话之后微微一笑，动手为我炸天麸罗。

那夜过后，母亲不再苦等下去了。当然，等还是会等，不过，她慢慢开始做好饭菜自己先吃了。我则遐想着在我出生之前的这两个痛苦得喘不过气来的人，眼前像是看到了两个为爱而忍受煎熬的男女。

关于"箱子"，我是在其他时候了解到的。

一天，我和母亲去青山购物，我提议顺便去看看在斯普雷大厦里举办的展览。那里正在展出由某位外国艺术家建造的一所袖珍房子。参观者弯腰进入后，可以透过五颜六色的窗户由内向外眺望。

"一起进去吧。"我招呼母亲，她却说自己在外面等。

"为什么？里面才好看啊，走吧。"我再三劝说，可她还是坚持要在外面等。真是奇怪……那时母亲的眼神就跟父亲说自己无法回家时的一模一样。或许正是这份心中的伤痛把这两人紧紧连在了一起，难分难离。

现在回想起来，那个袖珍房屋正与这块墓园中鳞次栉比的坟墓大小相当……那天，我一个人进去，从各种各样的窗户后面向外张望，还参观了陈设在里面的迷你家具、装饰画，玩得很开心。出来后，母亲笑眯眯地等在那里，她又恢复了往日的神情。

"累了，咱们去喝杯茶吧。"

我邀母亲去斯普雷大厦那家价格不菲的咖啡厅。

母亲先是小心翼翼地捧起咖啡，眯着眼细细品完，然后才开口说话。这就是她的风格——她不喜欢暧昧。另外，她往嘴里送食物时，总是表现出一副欢天喜地的模样，仿佛在享受人世间的最后一顿晚餐。这总是让我为之心碎。

"刚才你觉得我很奇怪吧?"

"妈，你怕进箱子里吗? 过去发生过什么事吗?"我问她。

"这件事我一直没告诉过你。你知道你外婆生病住院的事吧，她实际上是自杀而死的。因为是精神病院，没有刀，她是取出了转笔刀里的刀片割的腕。手够巧吧?"

我还真不知道有过这种事。虽然知道她是失意而死，但亲戚们从未在我面前提起过"割腕自杀"。

"妈，那时你几岁?"我问。

"八岁。"母亲淡淡地回答。

"你外婆精神失常后，我和她两个人就那样过着日子，你外公也不再来了。你外婆像是怕我去学校，有一天放学回到家，你外婆在家里用纸箱搭了间小屋子等着我。说是小屋，跟刚才那个屋子差不多大，挖着窗户，里面摆着玩具桌子，点着蜡烛。四壁刷了颜料，上面还画了花，她真是有绘画天分。那是间很可爱、很漂亮的纸屋子。她哭着求我说：'我为你盖了间房子，你就住在里面吧。'我决定答应她。"

"什么?"

"那之后的两个星期我都住在那房子里面，是彻彻底底只生活在那里头，一步也没走出去过。你外婆连马桶都给拿了进来，还打扫卫生，照顾我，饭也一顿不落地送进来。大房子窗外洒进来的阳光也照到那间小屋的窗户上。"

"你真是有耐性啊。"

"可我能为她做的只有那么多啊。她照料我的时候满脸幸福的样子，整个人变得神采奕奕，总是笑呵呵的，那么庄严圣洁。自从你外公走后，她可是一直哭个不停呢。我只有这么做才能让她开心啊。对我来说，你外公只是个偶尔见面的外人，而你外婆是我的全部啊。"

"噢……"我无语。

"因为我没去学校，老师来家访。就这样，我被保护起来，你外婆也住进了医院。往后的事你也知道的，我是被你姨姥姥收养长大的。"

"那是种无法用言语完整表达的经历吧。"

母亲点点头继续说："直到现在我还时常梦到在那个屋子里醒来。蜷缩着身子，皮肤贴着粗糙的纸板。小小的窗子里射进来一缕阳光，照在你外婆——我的母亲描画出的紫色花纹上，鼻子里闻到油彩的气味和大酱汤的味道，还有你外婆弄出的动静，听起来那么欢快、那么有活力，就跟在等待你外公回来时一样。我想出去，可是不能。我害怕出去后听到你外婆尖声痛哭。我一整天一整天安安静静地待在那里面，蜷缩着，一直一直那样子……醒来的时候会想，今天能不能出去啊？可又模糊地意识到，从这里出去的时候，就是和你外婆分开的时候。我无处可去啊。也想过偷偷出去，给在巴黎的你外公打电话，可是又想，那样做就等于是自己要离开你外婆。最后我决定：陪伴妈妈一直到底，就算死去也在所不惜。"

"是这样啊……"

这时，我才得知了母亲性格的秘密，她的一部分现在仍然留在那个"家"中吧。

"所以，你爸不回来的时候，我常常回到我的那个世界里，觉得那段时间永远持续着。我知道，我是因为被爱着才故意被关进那段时光里，可还是忍不住难受。"

"你对我爸说起过吗?"我问她。

"没有，"她笑了笑，"不想说。"

"为什么?"

"不想让他知道我的弱点啊。"

母亲这个人,一旦决定的事就无论如何要付诸实践。或许她在结婚之前就已决定把这件事埋藏起来,所以直到去世也没跟父亲提及。

我沉浸在回忆中,午后的阳光也在慢慢成熟,渐化为黄昏的金黄。

我在树下直直仰望着头顶硕大的绿叶,枝叶间泄下的阳光在脚边跃动着,形成一个个美丽的斑点。一对对恋人手挽手走过,几只狗在我面前去了又来。

时间宁静得令人忘却是身在异域。

塔顶的十字架在阳光下闪闪发光。

再停留片刻就回酒店去,夸赞一下父亲买回的吉他吧,再听听他的弹奏。之后……

今天晚餐的时候,要不要把母亲的过去告诉他呢?我犹豫着。

还是算了吧，只会徒增父亲的悲哀与悔恨。他会为他心中一角小小的黑暗曾触动母亲心中的那个角落，为他们之间因而导致的爱怨纠缠而懊恼不已吧。

　　我自己心中的那角黑暗又是什么呢？既不是无法在众人的期盼下回家的畏缩，也不是对箱子的恐惧。不过我想，它终有一天会显露出来，这就意味着成长。那时，我将会如何面对，如何自处？我还年轻，无所畏惧，我对它甚至有一种期待，愿意面对它的挑战。在外人眼中，我的家庭是再平静不过的，却也有着微小而深邃的黑暗角落。这黑暗如同这块墓园的沉寂，因深埋着历史而变得丰润，这并没有什么可耻的。

　　一片片绿叶在阳光下闪着光芒，有了它们的守护，我陷入了久久的沉思之中。

法国梧桐

门多萨城①正是一处适合与比我年长许多的丈夫一同去游览的地方。

已经记不起我们为什么去那里了。平日里睡前是两人边看电视边喝酒的时间，但这半年来大都用来翻看阿根廷的旅游手册。好像是因为上面介绍的门多萨城看起来不错，于是就这么决定了。

丈夫在和他已故的前妻共同生活期间，曾为了管理当地的工厂而在布宜诺斯艾利斯工作过一段日子。每次听到他谈及此事，我都希望也能像他们的新婚旅行一样，和他并肩观看专门为游客举办的豪华探戈秀。然而细细想来，我三十五岁，他六十岁，我们俩又都不爱出门，因此一直难有机会。

后来终于下定决心春天去，我整个冬天都在期待。

厌倦了布宜诺斯艾利斯的喧嚣，我们决定在这座依山而建的宁静小城里多作些停留，走走逛逛地度过每一天。

我们住在一家古老的旅馆，位于一处大大的公园前，外表很气派，房间却十分简陋，像是学生宿舍。窗户"咯嗒咯嗒"作响，关也关不紧，夜里冷极了。窗外满眼是在风中瑟瑟摇曳的细枝。从窗户探出身去，可以看到遥远的天际那边的雪山。站在窗边，冷飕飕的空气总是把脸颊冻得通红。

小城上空吹过的风寒冷彻骨且独具特色。

漫步黄昏的街头，无论是迎面而来的冷风、清新的空气，还是过往行人的懒散、缺乏生气，都使人感受到一种深入骨髓的虚幻与无常，所谓天国大

---

① 阿根廷西部中心城市，门多萨省省会，地处门多萨河谷，是通往智利的门户。

概就是如此吧。据说，很久以前这里发生过一场大地震，掩埋了这座小城。至今仍能依稀感受到那场灾难，这里的一切都是淡淡的，仿佛构成这里的只是原本街道的朦胧的影子。

虽然我们俩都没有特别挑明，却都是爱极了这里。特别是这种落寞的感觉，让人舒服得起鸡皮疙瘩。在东京的生活枯燥乏味，完全受制于周围。我们的婚姻生活从一开始就呈现出一种奇特的"恬静"。尽管我们也是平凡人，也会有日常生活的种种琐碎，时常吵吵架，和朋友们聚聚，大笑或大闹一通。我从小就喜欢那种让人不安的孤寂，喜欢傍晚的宁静、秋日天空的高远和孤身独行的夜路。而丈夫体内恰恰散发着相同的气息，这也是我嫁给他的理由之一。

在门多萨，我们每天早起，穿得厚厚的去公园散步，之后再踱到热闹的大街上，在固定的咖啡馆里喝上一杯热巧克力，吃点面包。丈夫长得瘦却很能吃，看他吃东西真是一桩开心事。吃完，我们就那么坐着发呆，直到下午再一路踱回旅馆睡睡午觉。基本上每天都是这么安排。

或者上午睡到很晚才起身出门，去博物馆啦，广场啦，或是葡萄酒酿造工厂，悠悠闲闲打发掉一天。

不管怎样安排，傍晚走倦了，我们总会到酒吧去喝一杯，在那里翻翻旅游手册，或者问问店家，盘算着去哪里吃晚饭。在这个地方，这样的生活一点也不算奢侈，感觉上是理所应当的。

说来奇怪，虽然我并未对他们的布宜诺斯艾利斯新婚之旅完全释怀，但与新婚旅行观看探戈秀，或是在博卡地区参观形形色色的建筑相比，在这里的每一天更像是新婚的感觉。有一种奇妙的充实感降临在我们身上，而这是在东京每日循环往复的生活中所体会不到的。街道、气候与古老的建筑浑然一体，它们营造出的氛围为这种恬淡的生活增添了更多色彩。那清冽的寒冷，那山间的空气，那高远的天空，还有那行道树硕大的树叶在风中片片飞落，这一幕幕都镌刻在我心中，仿佛很久以前我就已经住在这座小城里。东京的生活正日渐远去。

"这里很像山梨呢，真让人怀念呐。"

某一天早晨，丈夫坐在咖啡馆里感叹道。

他老家在山梨县，不过现在已经没有亲人住在那里了，所以我也不曾去过。

"天空的颜色啦，空气啦，都让人觉得似曾相识。虽说那里没有什么特别的风景，却怎么也待不够。"

从丈夫的话中，我似乎看到了另一幅不为我所知的景致。

在将我带到这个世界的计划还没形成之前，丈夫就已经置身其中，在那个我毫无了解的文化中生活了啊。

对于我们的婚事，不用多说，我父母是反对的，当时连他唯一的亲人——他姐姐也反对。想来也难怪。

我也曾与几个年轻人交往过，却都无法忍受他们旺盛的精力。不管当初多么快乐，我的兴致却总是不知不觉转移到其他事和物上：灰暗的窗玻璃，鸟儿飞过天空留下的痕迹，飞蛾扇动翅膀抵御大风。即便那些最初曾用温情包容过我的人，不久也都给我扔下一句"受不了和你在一起时的寂寞"之类的话，或是一脸那副神情离我而去。

丈夫肯定也是那种喜欢年轻女孩的"好色"之徒，不过，或许是上了年纪的缘故，他身上有一种沉稳的气质。他并不是特别文雅，也有好动急躁的一面，但给人的印象总是很沉静。另外，他衣服上散发出来的味道也是令我难以忘怀的，那是一股我所深爱的爷爷家衣柜里的味道。小时候去爷爷家玩，常常钻到衣柜里去享受那股味道带给我的心灵上的安宁。尽管还是个孩子，可在衣柜的黑暗中我还是想：要是爷爷死了，就再也闻不到这种味道了，而那一天并不遥远。就因为这样，我现在要猛吸，吸够才行。每当想到这里，我都绝望得要死，怀疑这世界上是不是没有能够永恒不变的东西。这时，我发现了"记忆"这东西。渗透到我体内细胞里的这股干燥的气味将是永恒的，这样一想，躲在黑暗的衣柜中的我才会稍稍变得坚强些。管它死后如何，反正现在被我大口大口拼命吸进的这股醉人的气味将一生伴随着我、守护着我。越是黑暗，越是惧怕走出柜子后不知哪一天就再也见不到爷爷的笑脸，我就越发感觉到自己真实的存在。

没想到在爷爷去世许多年之后，又再一次与这气息相逢。

他姐姐原本反对我们的婚事，为什么后来又同意呢？说来有趣，原因之一是我主动通过律师签署了一份文件，内容是："丈夫死后，我只继承现在的住处及最低限度的生活费用。如若生有子女，还将包括子女抚养费。并不妄想继承他的全部财产。"我的父母都还健在，而我又是家中独女，金钱方面我从未操过心。因此，那种事我想都没想过，再说我也没听说他攒下多少私房钱。当然，仔细算算，他一直努力工作到这把年纪，死了妻子，又没有孩子，有钱也并不奇怪。不过说起来，他姐姐看上去并不像是个在钱财上斤斤计较的人。这不禁让人感慨：人心真是难以琢磨。

那是一个秋夜，丈夫感冒了不能出门，于是我和他姐姐两个人一起去看秋日庙会。那天晚上没有一缕风，远处隐隐有丝竹之声传来。踩着脚下"沙沙"作响的黄色银杏叶，没有话题的我们两个默默地走着。不断有花车、神轿经过我们身边，还有兴高采烈举家出游的人们和路旁一个挨一个的小摊，我们就这样看着沿途热闹的光景一直走到了神殿。与华丽的夏日庙会不同，秋天的庙会更具风情，这也是我钟爱它之处。

我们买了棉花糖和炒面边走边吃。逛着逛着，两人的话也逐渐多起来。姐姐胖墩墩的，同丈夫相比，她对食物更是来者不拒，吃得也更香甜，让人看起来心情很好。而且小摊上的食物被电灯泡照得亮堂堂的，看着都很诱人。这些食物不同于平时，像是专为庙会而制作的玩具一样。

"他肚子也该饿了，买点什么吧。"

这样一想，我打算买份章鱼小丸子。

"看样子挺好吃的，我们也来点吧。"我跟姐姐提议。

"夜市上的章鱼小丸子中间生生的，反而格外香嫩。最好是趁热吃，吃的时候翻翻看，说不定还会意外吃出块章鱼肉呢，不过要小心被烫到啊。"我又告诉她说。

烤章鱼小丸子的大叔灵巧地翻弄着，施魔法似的变出一个个圆圆的小丸子，然后又在上面撒上苔条和酱汁。

我打算把十五个装的那份带回去给丈夫，十个装的那份我们俩先吃掉。

之后我们避开人流，拐到旁边的小路上，我说开吃吧，这时姐姐却说："给他留十个就够了，我们到那边坐着吃这十五个吧。"

我本想说吃点就够了，多留些给他，可那时姐姐的语气还有那郑重其事的目光忽然让我感到一丝熟悉。我有一个比我年幼许多的表妹，记得小时候领着她逛庙会时，她也常会这样要求。

　　"好，那咱们就开吃吧。"我答应了。

　　姐姐那张写满笑意的面孔在夜市灯光的照射下宛如一个孩子。十个和十五个并不只是食物的数量，而是代表着偏爱，可以消除忌妒之心，用它可以称出爱的分量。

　　我吃得饱饱的，边吃边想：我和他们俩的母亲一定有相似之处。这样想着，我仿佛看到了眼前这个脸上刻满深深皱纹的老奶奶童年时的面孔。她那款式过时的紫色衣服、圆圆的鞋头，还有大大的布包都变得可爱起来。姐姐几年前死了丈夫，唯一的女儿又嫁到了关西，现在除了一个帮佣常来打扫外，就剩她孤身一人生活。我顿时领悟到她反对我们的理由——跟刚才的章鱼小丸子同样道理，并不仅仅是在钱上计较，而是因为再没有别的亲人，因而害怕失去最珍视自己的人吧。对于他们俩来说，我既是他们的孩子，又是他们的母亲。我将与他们共同分享曾出现在他们生命中的种种故事。具体到今天，就是我又买了份红豆饼捎回来给丈夫，另外同样也包一份给姐姐带回去送人。重要的不是食物，而是在乎对方的那份心意。生活中如果失去了这个，人们就会迅速陷入贪婪。姐姐从那天起不再反对我们，开始经常给我们打个电话。我常想：幸亏没有错误解读那个瞬间，那个把自己内心深处的阴暗面赤裸裸表露出来的瞬间，那个并不常有的瞬间。转过脸不去正视是再简单不过的，然而在深层里却隐藏着赤子般的纯真与可爱。这些都是滋养着我的寂寞给予我的启示。

　　一天早晨，我们像往常一样，坐在街头随处可见的咖啡馆的露天桌子旁，一只小狗跑过来，蜷缩着蹲在我的大衣下摆处一动不动。这是只杂种狗，长得古里古怪，喂它面包也不吃，只是像猫一样把头伸过来，似乎是想让我摸摸它。

"把它带回去养着吧。"丈夫一本正经地说。这正是他的可爱之处。

"检疫部门那里不知会耽搁几个月呢。那样的话，这只小狗岂不是太可怜了？这里才是它的家，把它带回去对它来说反而更不幸呢。"

说完，我又继续抚摸它的头。它的头真小，瘦弱的身体绷得紧紧的，像是流浪了很长时间。我把满腔爱怜之情都倾注在这抚摸之中，如同自己是饲养了它很久的主人。

"也是。不过要是有它在，我死了就不会只剩下你孤零零一个人了。"丈夫又说。

"什么话！你真是急性子。也有可能先死的是我或者狗啊。"

"话是不错。可既然跟你结了婚，我也要为你打算打算啊。"

"将来的事就别瞎操心了。"

我笑起来。小狗睡着了，重重地压住我的衣

摆，但我没有动。暖炉红彤彤的，烤得脸滚烫。在这个冬春交替之际，街上行人的穿戴也是形形色色，有春装打扮的，也有身着冬衣的，还有穿一件毛衣的……大家都像是漫无目的地在街上闲逛。丈夫特地为狗叫了一份火腿三明治，自己咬了一口就放到小狗鼻子跟前。狗站起来，摇着尾巴把里面的火腿吃掉，之后又伸过头来恳求我的抚摸。就这样又过了一会儿，它嗖地一下起身，吧嗒吧嗒跑开了。

"得到爱的温暖走掉了呢。"我说。

"是啊。"丈夫点点头，一脸落寞。

"觉得寂寞的话，我们生个孩子吧?"

"我光是考虑自己了，不想让孩子把你抢走呢。"他自言自语般嘟哝着。

午后，天阴了下来，越发觉得寒气袭人。闲来无事，我们去了一个叫"光荣之丘"的地方。天气太冷，停车场上好多情侣都躲在车中不愿下来，像是冬日里的小鸟，一动不动紧紧贴在一起，看来也都是到这个美丽却也乏味的小城来度假的。山冈上立着一群硕大无比的青铜雕塑，丈夫看过旅游手册后告诉我，这里描绘的是圣马丁将军率领五千"安第斯军"出发救援智利时的英勇场面。将军四周也有许多雕塑，数不清的人与马匹仰望着苍穹，似乎即将腾空而去。这纷杂的千军万马融为一体，气势磅礴，栩栩如生，静止不动反倒让人诧异。站在大风中看起来，士兵们的头发和马的鬃毛似乎也都在随风飞舞。

与这份勇猛形成鲜明对比的是与这片土地相伴而生的空虚与寂寞。我久久凝望着这片曾经辉煌、而今归于沉寂的小城。长空近晚，金色阳光从多云的天空漏下，俯瞰远处的街道，那里呈现出一片墨色。群山处处残留着皑皑白雪，在阳光的照耀下熠熠生辉。

我们在台阶上坐下，眺望着远方。

"冷吧?"丈夫问我。

“真是挺冷的呢。”

“回到城里后喝点那个吧，叫什么来着？就是那个自己往热牛奶里加进硬巧克力，化了以后喝的。”

“沙布玛利诺。”

“这回出来喝了好多呢。”

“是啊，都喝上瘾了。”

“因为日本没的卖吧。”

那是什么时候的事？大概还在我们恋爱期间吧。那天是情人节，我突然想起要吃巧克力，便进自己房间翻出那个可爱的巧克力盒子，打开一看却是空的，于是不肯罢休的我们步行到便利店去买。寒冷的夜，狂风呼啸，满天繁星点点，空气也分外清冷。货架上摆的巧克力找不到一种看起来美味的，我说没有想要的，于是他便提议买点牛奶和可可粉，自己来做好吃的热巧克力。我们俩回到温暖的家中，小心翼翼地热上牛奶，再加入可可粉、肉桂、小豆蔻，制作完成了格外香浓可口的热巧克力。做的时候，我们战战兢兢地怕溢出来，又担心弄得太甜，还要温好杯子……这期间就像举行某种仪式一样全心投入，因而也越发觉得可口无比。事后回想起来，感觉那天我们似乎品味了许久。为什么一回忆起这竭尽心力获得的快乐，就会感到有些怅然若失呢？

"从小山坡这里看得到住的旅馆吗？"我问他。

"树这么多，应该看不见吧。"

"旅馆前面马路两旁种的是什么树啊？"

"那种大叶的吧，是那个……对了，是法国梧桐。"

"有一首歌里唱到过呢。"

"'梧桐枯叶飞舞，在冬日的马路……'对吧？"

"'忍不住回首'，之后……是'踏上行程，回首只有风儿吹过'。对吧？待在这里老让我想起这首歌。"

"没想到我们年纪差这么大，你也知道这首老歌啊。"他开心地笑起来。越过他的侧脸，那边是摇曳在狂风中的树木、遥远的群山，还有低沉的天空。

"课本上教过的。"我回答。

当我们在那间西晒强烈的音乐教室里大声唱那首歌的时候，我完全不曾想到将来的某一天自己会置身于歌词所描绘的异国风景之中。

那旅馆前的道路早已成为这座小城中最值得我记忆的风景。大风呼啸，天色湛蓝，在此背景下，或者在黑漆漆的夜幕映衬中，那一条宽阔笔直的大道上，手掌般大小的枯叶在风中狂舞，此情此景怎不令人为之目眩神迷。见此画面，我的头脑立刻放弃思考。四处飞舞着的叶片仿佛要在转瞬间把面前的世界整个掩埋掉——而我所能做的只有凝望。

"我喜欢看那大片大片的树叶在风中飘来荡去。"我说。

"我也是。咱们下去吧，还是沿那条大道走走，然后看看今晚干点什么。"

"好。"

我站起身，挽着他的胳膊离开。

回头望去，高坡上，将军依然英姿勃发地骑在马上直视远方。我想，这样的时间永远持续下去也好，然而时间终将在相隔不远的两个时刻让他和我的生命回归到"无"。到那个时候，这座小城的这群青铜雕塑的毛发依然会在风中招展吧，同样的风依旧会把那条大道上的法国梧桐叶漫天抛撒开去吧。这样想着，心中对死亡的恐惧好像也渐渐淡去了。

蜂糖水

　　我漫不经心地坐在总统府前面的广场上。那里有几个举止古怪的人，显然是小偷。让我感到诧异的是，只要你用眼神示意你已猜到了他的身份，小偷就决不会近前。每次目光相对时，他反而会做出一副熟识的表情向这里张望。这里的生活究竟是艰辛还是怡然自得，我实在是不得而知。这就是布宜诺斯艾利斯。

　　我在花坛边坐下，注视着鸽子和卖鸽食的老妇人。她看起来不像有什么心事，只是这样简简单单的一个事实：今天一天待在这里卖鸽食。这像极了我的心情。

　　广场那头是刷着粉红色墙壁的总统府。在电影

《贝隆夫人》中，麦当娜就是在那里唱的歌吗？我怎么会去看那样一部电影的呢？想到这里，我又进入了回忆之中。那个雨夜，我在起居室里看借来的电影录像带。无聊的片子放到一半时，他回来了。说是伞被风吹坏，右半身都湿透了。于是我拿来毛巾，像擦拭小猫、小狗一样在他头上、身上胡乱抹了一通，然后又在沙发上躺下。雨的气息跟随他进入房间，并扩散开来。窗户上晶莹剔透的雨珠不断流淌下来，马路淹没在一片黑暗之中，静悄悄地被雨打湿。一个平凡如常的夜晚。他泡了一杯热咖啡，把杯子递到我手里。那只杯子是一个星期天我们俩在附近一家古董店买到的。记得去那里的小路蜿蜒曲折，路边盛开着五颜六色的小花。阳光照耀下的路面白花花一片，宛如置身于天堂。橘黄色、黄色、粉红色的小花，还有嫩绿的小草在风中摇曳。回忆是如此之多，就像在窥看一对相互映照的前后镜。两人的历史中有着近乎无限的小小的宽广世界，而今，我处在与之割裂的世界里。

我来看望一位住在这里的朋友。

这个朋友在学跳探戈时，和她的阿根廷舞蹈老师坠入情网，并结了婚。现在，她也给从日本来的游客做做导游，虽说并不是正式的，却也挺忙。她说，行程结束时会从客人们那里得到一些小费作为报酬。她先生陪学生们到外地公演去了，我便住到了她家里。她白天要做导游，直到晚上才回来，所以我每天白天都在外面闲逛。要是一直都能这样无拘无束、快活自在该多好。尤其是她家所在的瑞科莱塔地区绿化非常好，光是出来散步就让人心旷神怡。为了使自己摆脱思考，我一个劲地闷头走路，直到腿脚无力，大脑一片空白，这才感觉找回了往日的自己。到了晚上，只喝一点点葡萄酒便倒头睡去。

这样才好，现在这样最好。躺在别人家不太舒适的沙发床上，听着陌生城市里的陌生声音，我每晚都这么想。我能做的只有静静等待，因为除此以外无计可施。如同野生动物舔舐着伤口，在暗处静候发烫的身体痊愈那样。我想,在我心态逐渐恢复、能够大口呼吸、正常思维之前,这样是最好不过的了。

"今天五月广场上两点开始有戴白头巾的母亲们游行哦。"朋友早晨出门时告诉我,"虽说看过之后心情有点压抑,可每次都会有很多感慨。真的,特别多。也会想起国内的父母来。游行发起也没多久,你看了就知道了。"

于是我磨磨蹭蹭地来看游行。到了没多大会儿,头戴白色头巾的母亲们——或者说是老奶奶们更为恰当些——稀稀拉拉地开始聚集起来,此外还有采访的记者以及警察的身影。阴郁的天空下,总统府的粉红色墙壁看上去模糊不清,像是添加了牛血的颜色。成百上千只鸽子腾空而起,那十几个头戴白巾的老奶奶开始绕着广场缓步游行。队伍中也有老爷爷,似乎还有他们的亲属。老奶奶们胸前挂着泛黄的照片,照片上有年轻小伙子的笑脸,也有盛装的姑娘，每副表情都如此平凡而可爱，让人无法想象他们卷入了一场那么恐怖的事件中。

"你是从日本来的吗？"旁边一位日本人模样的大婶用日语问我。

"是的。"

"我移民到这里之后住在郊外。当时真是吓人呢，突然间就变成了军事统治，之前有点左翼思想的学生啊，贝隆①一派的人啊，好多都不见了，有的只是因为出来抗议示威一下，就再也没回来过。"

虽说一看大婶就是个日本人，但无论服装、表情还是化妆上的细节，都表明她已经离开日本很久了。

"我在电影里也看到过。"

我怎么会看那样一部令人发指的影片的呢？被抓走的学生们半裸着被绑到一起，遭受奸污，被水枪喷射，被蒙上眼睛撂在路边。现在正走在面前这

---

① 贝隆（1895—1974），阿根廷军人、政治家，1946 至 1955 年与1973 至 1974 年间任阿根廷总统。

个广场上的他们的父母，那时尽管忧心忡忡，尽管彻夜难眠，却依旧要在原来的家中生活下去。在此期间，他们身上一定永久性地丧失掉了某种重要的感觉。在死去的孩子们失去了人生的同时，他们体内也一定失去了什么。

"半夜里有军用大卡车开到我们家附近的树林里来，我们全家都吓得不敢出门。不一会儿就听见震耳的枪声，还有叫喊声、呻吟声。后来又来了辆大车，接着就静下来了。第二天早晨去树林一看，好多血迹。就这样，有三万人都不见了。"大婶继续说。

我默默点点头，注视着游行的队伍。

感觉鸽子、小偷、移民大婶以及游客们都是不由自主来到这里的。绕广场游行的白头巾母亲们似乎已不再指望孩子们归来。或许，她们只是希望能够把对人生的无奈和焦虑通过这种方式表达出来，她们只是不愿意让往事就这样被湮没在不由自主的时间当中。但见那些已是奶奶年纪的妇人胸前挂着女儿或儿子的照片相互聊着，这一幕反而更加真实。我想，大概世事就是如此吧，这就是时间流逝的力量，这就是悲哀本身的色彩啊。

悲哀决不可能痊愈，只会给人淡化的假象聊作抚慰而已。与这些父母相比，我的悲哀是何等的不堪一击，没有来由，没有这种无处申诉的哀痛的支撑，我的悲伤只是若有若无地掠过心头。可是，并没有哪一方更伟大或更深刻，我们大家都是同等地站在这个广场上。

我想象着：某个清晨，像往常一样，年少任性的儿子匆匆抿了口咖啡，瘦弱的他穿着那条心爱的牛仔裤出门去学校。在母亲眼中，今天的他与自儿时起的他并无不同。记忆从此理所当然地全部定格在了那一瞬间的背影上。母亲不知道儿子去参加示威活动，或许他也只不过是陪朋友去而已，就这样一去再无消息。这是怎样一种心情？直到军事政变的那场狂风暴雨结束为止，那一切对谁都无法明

说。谁都战战兢兢，谁都不肯帮忙。在铺天盖地的坏消息中东奔西走，听不到一个好消息。幸运地从收容所回来的那些人都极度惊恐，描述的情景让人毛骨悚然……这一切对于那时同为高中生的我来说，听来是那么的遥远。但它并非远在印加帝国时代或是二战时期，它发生的时候，在地球另一端的日本的我还住在父母家里，明里暗里跟父母较着劲，常常彻夜不归。就是那个时候，它就那样惊天动地地发生了。

我又忍不住浮想：具有如此不同人生轨迹的我们为什么会在这么一个午后，在这片懒洋洋的阴沉的天空下，在这个平淡无奇的广场上出现交集呢？

在一圈圈走着的母亲当中有一位身材肥胖的大婶，她像极了我的母亲。除了眼睛的颜色，其他方面越看越像。盯视得久了，觉得连举止也仿佛相似起来。

每次我一感冒，母亲总会在热水里化点蜂蜜，倒一点威士忌进去，最后再加上柠檬汁给我喝，即便我上了高中也是如此。在那些母亲的孩子们经受浴血拷问的某个傍晚，我正一如既往地在向母亲撒娇。这就是所谓的"世界"吧。不知母亲为什么管那叫"蜂糖水"，那不是蜂蜜柠檬汁吗？无论我跟她说多少次，她就是不改，说那个名字好。那股温热甘甜的味道仿佛又弥漫在了我的口中。母亲的味道，世间都是相同的：有些世俗、沉重、甜蜜，始终深沉。现在，它就充盈在这广场上，无处宣泄，一圈一圈地转着。

"你呀，不能为那么点儿事就要离婚啊。"母亲在电话那头对我说，"婚姻生活那么长，什么事都会遇到。就算要离也要再等个两三年再说。"

"再等我就没有后路了。"

"你这年纪，再过两三年不碍事的。"

说话时，我脑海里浮现出的是那时的母亲——因为养的小猫死了，我趴在沙发上大哭，母亲的手粗粗地摩挲着我的头发，可指尖的抚摸却异常温柔。

　　唉，要是丈夫一点也不再爱我，要是爱情了无痕迹，要是那个她是个令人生厌的家伙……也就罢了，可现实就是这样无法理清。我来到这里之后，丈夫每天不间断的电话也传达出了他对我的爱意，只是不像母亲的手那么无所顾忌而已，似乎少了些自信，这就是所谓的"外人"吧。与他组成家庭也只不过是"外人"间相互照顾一下而已。不过，我内心也开始有些动摇，我们共同经历过的那么久的时光在后面推动着我，我有种冲动，想在今夜把看到这些母亲后心中的烦乱通过电话向他一吐为快，心中一片混乱……怀着这纷乱的思绪，今夜的我还将躺在朋友家的那张床上，然而今天我所看到的这一幕，并非出现在电影或书籍中，而是我亲眼所见，这些母亲的声音、风中扬起的裙摆，还有她们的嬉笑闲谈——这点点滴滴凝聚成一团，悄然改变着我。而此刻的我，正远远地、远远地观望着自己本身的成长。

另有一些母亲同样身穿黑衣、头戴白巾，在广场的另一侧摆着小摊。我朝那边走去一看，原来是在卖些录像带、小册子、明信片和 T 恤之类的物品，旁边标明收入将作为此项运动的资金。那就买件 T 恤吧，我随手拿起一件，这时一位白头巾母亲向我说了些什么。我听不懂她的西班牙语，正不知所措，旁边一位记者模样的年轻人帮忙翻译成英语：

　　"她说最近流行小衫，买 S 号的好。"

　　我不禁会心一笑。拥有坚强，曾有过年少的孩子……果然无论哪个国家的母亲都是如此，这些令人异常伤感。我也会成为一位母亲，将来某一天会用另外一种目光来看这些人吗？虽然一切都是未知，我的心空却晴朗起来。买好 T 恤，道了谢，我转身离开了广场。

日　晷

　　这是一个炎热的午后，我和男友散着步来到附近一家三明治屋吃午饭。在这里，花上一千日元就可以享受到大份的三明治、沙拉，还有咖啡，假日里我们总是喜欢来这儿。店里很挤，却也找到了一处稍微靠外的位置坐下，一桌桌客人自顾自地热烈谈论着。前面公园的绿色草木无拘无束地恣意疯长，这般繁茂也似曾相识。对了，是在那处古迹。刚想到这里，手机响了。

　　"喂。"

　　嘈杂的电话那头传来的竟是和我一起去那处古迹的吉美的声音。

　　"真巧，我刚刚正在想你呢。"我说。

这也并不全是客套话，刚才我的确想起了南美那咄咄逼人的绿意。

"我流产了。"吉美说。

"怎么回事?"我问她。

"不知道是什么原因。唉，又要从头开始了。"

身在遥远的巴西的她无力地笑了笑。她结婚之后就移居到了巴西，和先生一起开了家日式餐馆。

"你要节哀啊。"

我的话刚说完，周围刹那间静下来，想必都在侧耳倾听。

"我好难过，直到刚才他还和我在一起，还在我的肚子里。"

吉美每当真正伤心的时候，声音总是显得分外平静与低沉。

"你现在在哪里?"还在震惊中的我问。

"在医院。被抬进来躺了二十四个小时，可还是没能挽回。"

"那你先生呢?"

"现在这里是半夜，他不在。"

"我去看你吧。"我对她说。

我也不知道自己为什么会这样说。可能电话里的声音听起来那么近，以致我产生了错觉，以为可以马上赶过去。不，如果她现在希望我去，如果她现在害怕一个人待着，我愿意马上赶去她的身边。不知道怎么会想到这些，或许因为能够维系她那岌岌可危的婚姻生活的唯一的花朵、希望之线就是那个孩子。是否命运无论如何也不想让她和她所爱的男人继续牵手走下去？又或者是要他们无论发生什么事都不离不弃？如何解释是她自己的事，我只愿握住她那苍白的小手，轻轻抚摸她的头，这样就好。然而，这样我就能安心吗？虽然明知令她意识到现在是独自一人待在深夜的医院是无可奈何的事，可我还是懊悔不已。等到下次见面，我们一定又都恢复到了往常模样，慰问也已无济于事，或许此事根本就不会再提起了。如果不能在她悲痛的时候陪伴在她身旁，其他都是空谈。

"不要紧的，听到你的声音就好。"她笑了笑。

"神是不会做坏事的。"我安慰她。

"你说的是心地善良的日本的神吧？巴西的神可是残酷得多、无情得多呢。"

"学学你那里的神，早点复活吧。"

"知道了，不要紧的。话说回来了，也是没办法的事啊，反正已经没了，又要重新来过了。不过，这里热死了，只能随它去吧。以后再打给你。谢谢了。"吉美又说。

我仿佛看到了吉美一身白色睡衣站在医院昏暗的走廊上，站在那破旧的国际电话旁。她先生找了个年轻的巴西女孩做情人，两人闹得差点离婚，后来终于言归于好，这才怀上了孩子。吉美从小接受的就是传统教育，她已故的母亲对她说过："结了婚就要白头偕老，不准离婚回家来。"对此她一直严格遵循。当她先生有了情人的时候，她也曾这样低沉着声音平静地找我商量过。我劝她说既然令堂都已经去世了，那话不听也不要紧，可她说要再坚持看看。人生就是不断有意外出现，不论有什么事情即将降临到你所爱的人身上，也只能默默关注，除此之外无能为力。而唯一能够证明你的爱意的就只有为他牵肠挂肚而已。

"晚安。"

听我大白天的说晚安，男友一脸诧异，我跟他简单解释了一下。我们面前不知什么时候端上了满满一大盘三明治，还有让人忘却一切烦忧的灿烂的午后阳光，以及车水马龙的大街。有一瞬间，我恍如刚从某个陌生的地方旅行归来，是从心中的阴霾，还有时差的阴影里。

之前我去巴西出差时，她刚刚怀孕，脸上写满幸福。我和她一起去游览传教团遗址，那里是十八世纪来巴拉圭山区传教的基督教传教士与山中的瓜拉尼人一起建造的聚居区。之后不久，西班牙与葡萄牙缔结条约，当地成为葡萄牙领地，人们在这里过着和平的生活，直至对他们的迫害开始。对于原本被西班牙人当作奴隶进行贩卖的瓜拉尼人来说，这里就像一个庇护寺。

　　停下车，站在庞大的遗址群前，西洋与南美古代文化的巧妙融合让人赞叹不已，甚至有一种似曾相识的感觉。天使和神像的面部充满野性，教堂造型简朴，钟楼已然岌岌可危，一些大小不一的石块铺成的台阶通往那里。在井然有序的棕褐色石头建筑周围，野草丛生，气势汹汹，像要把一切都掩埋掉，绿得让人窒息。尽管无人注视，巨大的日晷仪仍然时时刻刻忠诚地记录着古往今来的光阴流逝。无论和平、战争、流血，还是当一切结束、人去楼空，抑或像现在这样游人可以自由涉足此地，它总在默默追逐着太阳的足迹，忠实地转动着。在那慵懒的时光流逝中，野草不知不觉间统治了一切，但仍有多棵生命力顽强的马特树挺立其中。这种树的叶子在瓜拉尼语中被称为"美人鱼的药草"，途中我们在车上喝过用这叶子泡的凉茶。司机是吉美的先生开的日式餐馆的员工，会几句日语。看她用葡萄牙语跟司机交谈的样子，已是完全融入了巴西社会。她说孕妇要补充维生素C，用吸管不停地吮吸那苦涩的茶水。

我们俩在棕褐色的石柱群中缓步前行，走出一身汗来。映入眼中的只有两种色彩——浓重的绿色与遗址的棕褐色。雕塑都已破败不堪，但十分壮观。在那巨大身形的映衬下，我们显得如此渺小，脚步也显得格外缓慢。四千人生活过的气息像是化作了野草的勃勃生机，直到现在仍留存在这里。

我们决定登上钟楼纵览全貌。石阶很陡，她护着肚子慢慢往上爬，终于爬到石阶尽头。从那里看到的同样是一片色彩单调的世界，只是更为广阔，简直漫无边际。刚才看过的那个教堂伫立在远处。

"是不是有点像平面布局图啊。"她倚着柱子坐在一段矮墙上说。

"可不是嘛。从上面看下去就像是航拍照片，全局设计一目了然。"

"那个四方形是居住区，那是礼拜堂，那是墓地，那里曾经是神父的家……"她用手指着告诉我。

"我想起来了，我们俩上中学时曾经沉迷于研究图纸呢。"她又说。

确有此事。我们放学后就傻乎乎毫无意义地爬上楼顶向下俯瞰，抽支烟，喝点酒，在本子上画下自己理想中的住处的平面图。那时，吉美的头发像现在一样长，随风飘舞，各自的图纸上总会有对方的房间。我们就那样喝得醉醺醺的一直待到天黑，发疯似的沉迷其中。

"长期住在这种没顶棚的地方会感冒的。"我说。

"不过，那时真想不到我们会在这种地方回忆起图纸的事来。"她说。

"真辽阔啊，这就是大地的感觉吧。"

"这里的景色、夕阳，都是独一无二的。还有，这里的阳光，这里的天空浓烈的色彩，总感觉好像刚游完泳出来一样。"她又继续说道。

那时的光景异常清晰地在我心里复苏：我们两个娇俏的女中学生坐在房顶的水泥地上，皱着眉头一本正经地考虑房间的布局。那里是我们两个人的王国，是我们的理想世界。在那里，院子里种着苹果、核桃、无花果，我们可以衣食无忧，还有那带帐子的床上总是铺着雪白的床单。

她笑着对我说："真想和孩子还有你一起住在那样的房子里呢。"

"那么大规模，要是建在东京，几亿元都不够呢。"

"可要是不在东京，没有西武购物商场，生活多不方便啊。我还要看电影。啊！还要去书店看日文书，要看个够！无聊的肥皂剧也要看！"

那时身处遗址的我们真的很快乐，几乎可以说是幸福的。我们谈论着无聊的话题，大声笑着；我们默不作声地眺望着风中那破败不堪的棕褐色建筑；我们俯视着脚下小如蚂蚁般的行人；我们享受着微风与阳光。湛蓝湛蓝的天空，仿佛夜幕永远不会落下，还有偶尔盘旋飞过的秃鹰……

而此时，她腹中的小生命——曾和我们共同分享过那一时刻的生命，没能与我见上一面便独自沿着黑暗之路去了。而这条路是我们每个人的必经之路。将来的某一天，我、我的女友、她先生、他的情人、面前的我的男友、此刻正在做三明治的年轻人、路上的行人，所有人都注定要独自走向那里。

然而不论世事如何变迁，在那处茂密的绿草遮蔽下的遗址中，那方日晷依旧会时时刻刻静静转动着吧。想想那幅情景，虽然落寞得令人晕眩，却也不知怎的让人松了口气。想到这里，也为了今天的生存所需的吃喝拉撒等营生，我张大嘴一口咬住了三明治。

窗　外

　　"我没准得针眼了呢，老是觉得眼睛里疙疙瘩瘩的。"真二对我说。

　　"是因为今天一路上太干燥，灰尘太大了吧。"

　　我正横躺在床上昏昏欲睡，听到他跟我说话，就强打起精神答一句。抬眼一看，他正坐在窗边的椅子上揉眼睛。墙角的射灯打在他脸上，照出满脸倦意，但神情却是安详且充实的。结束了一天行程的他在柔和的橘黄色灯光包围中，看起来就像是坐在壁炉前目不转睛盯着火苗的小孩，一脸的幸福。房间里充满宁静的气息。我们刚洗完澡，用水冲走了长途旅行的疲惫与污垢，也懒得再换衣服，只穿了件浴袍，懒懒地打发着晚餐前的时光。

"我可能带了治针眼的药,待会儿找找看。不过也有可能没带来。"我说。

"不知道你还有那东西呢。最好能找到。"

我翻了个身,望着天花板陷入了沉思。说起来,我还从未见过他这个人滴眼药水呢,自然也不知道他平时是用什么牌子的。他的影子在天花板上淡淡地晃动着。

有伴同行的旅程最让我喜欢的是可以像这样完全忘却孤独。要负责的只有自己的性命,空着手,不见了平时那些总是拖在身后的行李,然而却不是孤单一人。就像这样两人共同打发最平淡无奇百无聊赖的时间,那是怎样的一份愉悦……安全感从心底油然升起。虽然身处一个全无安全保障的国度,内心却十分踏实。清洁的床单,微弱的灯光,大大的玻璃窗,陌生的天花板,还有电视中低声传出的西班牙语,只有日晒后的体表是滚烫的。睡意一波一波慢慢占领我的意识。虽然常常身处幸福之中而不自知,但在这一瞬间,我体会到了幸福。只有肉体、精神、时间与状况配合得恰到好处时，人才会有这样的感觉吧。

　　有多少关于他的画面是我不曾目睹的？我对他几乎一无所知。只知道他比我大五岁，刚从欧洲正式回国，还知道他和他的西班牙朋友一起开了家面向日本游客的旅游公司。在经营欧洲线路，特别是西班牙线路的旅游公司中，他那家虽说规模不大，却也做得有声有色，几乎算得上老字号了。他并不打算盲目扩大公司规模，想先把根基扎稳，所以才回了国，准备在日本国内设立事务所。另外，他三个月前曾经去墨西哥旅行过一次，原本计划要走到这里——伊瓜苏大瀑布①的，结果因为胃痛而不得不中途放弃，直接从洛杉矶回国了。他告诉我，自从小时候在电视上看到壮观的伊瓜苏大瀑布之后，就发誓如果能到南美就一定要来这里。因此，他有了假期就约上我再次前来挑战。从布宜诺斯艾利斯

---

① 世界三大瀑布之一，位于流经巴西与阿根廷边境的伊瓜苏河上，宽约 4000 米，落差约 70 米。

到伊瓜苏大瀑布，我们一路慢慢北上。

　　我原本只是抱着"有他会说西班牙语，路上会轻松些"的念头，没料到这次行程会如此美妙。站在灼热的阳光下，站在蔚蓝得令人震颤的天空下，感觉身体结构仿佛发生了变化。不再过多地考虑是冷还是热，或是明天会如何，只是专注于眼前事，不再无故寻愁觅恨。整个旅途一直都是这样的氛围。真二还是一位极为称职的旅伴。他完全是个天才，不需要别人为他操心，我偶尔动摇或是情绪低落，他也会不露痕迹地视而不见。和习惯了旅行的他一起行动，我学会了自己的事情自己来做。他就总是自己的事情自己解决，决不让别人知晓自己的麻烦、给别人增添负担。他用行动让我明白：哪怕小事一桩，如果一味依赖别人解决，也会给双方造成压力。无论是尽情欢闹时，或是丢了钱包后，他总能气定神闲，这种转换自如让人为之倾倒。

　　窗外漆黑，虽然什么都看不见，但我知道巨大的瀑布就在那里。

刚才一打开窗，耳边就听到仿佛来自遥远天际的瀑布的轰响，远得我几乎以为是心理作用。这是阿根廷的一家高档酒店，可以从房间望到瀑布。但我们抵达时已是夜里，所以有好几次无论我怎样把脸紧贴住窗玻璃，能见到的都只有自己。于是我打开窗，一下拥进好多小虫我也毫不在意，只顾侧耳聆听瀑布的声音。窗外是我从未见过的浓得化不开的夜色，沉甸甸的，无边无际，依稀可以闻到水的气味。关上窗，房间里仍能感受到它的余韵。

　　"晚上竟有这么黑，真是怎么都想不到呢。"真二对我说。

　　"可不是嘛。在日本，无论哪个山里都没有这么黑漆漆的，像是黏糊糊涌动着的暗流。"

　　"要把人压垮似的。"

　　"为了让牵牛花的种子容易发芽，不是要把种子稍微切开一点再泡在水里吗？这样等到早晨，小芽就会突然钻出来。看到发芽的瞬间，我倒不是觉得生命可贵或是美丽什么的，反而感到不舒服，觉得它那么不知羞，那么赤裸裸又有些蛮横，不过到最后还是会受感动。现在就是那种心情，总感觉这里的大自然力量太强大了，在自己软弱的时候，那么强劲的力量恐怕会压得人烧心呢。"

"真是让人由衷感慨，在这样的大自然里面，人类就是赤条条的胆怯又弱小的生命。反而是豹子啦、猴子啦，那些稀奇古怪的植物、奇形怪状的昆虫之类的，看起来生命力更加顽强，人类真是丝毫不及它们呢。"

"这里的自然环境和日本的一点也不像。"

"日本的大自然更纤细些。要是在这里住久了，我们也一定会大变样的，无论在内心、外貌，还是思维方式上，也会变成那样子的。"

我们有一搭没一搭地谈论着。

后来，我们又起劲地说起黄段子，说起我们两人共同的熟人的闲话，但不管话题如何，基调始终没变。时间静静地流走，我们时而沉默，时而交谈两句，就这样打发着时间。这时的人最为自然。

说着说着，我联想到了南美的文学。在日本柔美纤细的四季中读起南美文学，总有些地方让人难以理解。单是文章整体超越文字之外的感觉就带着一种突兀、野蛮的生命力，而对于美与生命的描述则更是在孜孜追求一种致命的力量。在他们的世界观里，那种近乎疯狂的精神上的张扬与他们每日脚踏实地的日常生活是并存不悖的。来到这里之后，这种感觉才在体内强烈复苏，对这些似乎也稍微有了一点理解。超越了人类道德规范的这股力量被这里的男男女女从大地里尽情汲取，绽放出火辣辣的生命之花。这片隐藏着庞杂的各色气息的浓浓夜色，丛林间飘来的扑鼻的青草气息，还有那肉眼决不可见的色彩斑斓的精灵们哦……

　　感觉近在咫尺，那漆黑的夜仿佛随时可能戳破窗玻璃，滑进这吹着嗖嗖冷气、凉爽舒适的房间里来。

　　酒店的晚餐很是丰盛，而且环境十分幽静。

食品自取区的推车上摆有精致的冷盘与甜点，我适量取了些，坐下来小口小口地吃着，还享受了一下美味的阿根廷葡萄酒。这时，身着笔挺的白色制服的侍者走过来等候我们点餐。今晚，我穿上了久违的长裙，他也穿上了久违的衬衣。看来我们在行程的最后一晚预订了这样一家高档豪华的酒店真是明智之举，谈论着这件事的我们就像一对老夫老妻。这里果然是一家不会令人失望的一流酒店，环境、设施、风景与这份奇特的幽暗静谧融为一体，营造出一种几近罗曼蒂克的独特氛围。我们默默吃着，有点倦意，红酒也上了头，都无意开口说话，然而相互之间都明了：这是一种感觉不错的沉默。四周宛如梦境，朦胧幽暗，在食品自取区推车旁来回走动的那些人因而显得影影绰绰，仿佛幽灵一般。这几日看惯了南美强烈的光影对比，陡然进入这个淡雅的世界，肉体似乎要就此消失。等眼睛慢慢习惯过来，面前食物的颜色也渐渐变得无比鲜明艳丽。浓厚的橘黄色在水果上投射出暗影。

我们吃得很饱，都有了些醉意，走到餐厅外的院子里去看星星。草坪沾了夜露，熠熠闪光。好几个人抬头仰望着苍穹，都是美国老人，大概住得起这么昂贵的地方也要有相应的年纪才行吧。我们俩看起来就像是他们的儿女，显得格格不入。不过问到"南十字星在哪里"时，他们非常热心地指给我们。我们搜寻着那个比想象中要小得多的十字，这样那样地议论着，旅行的喜悦浮上心头。仿佛很久很久以前，我们就已经和这些人一起站在这里了。

　　这里位于国立公园之内，没准附近的黑暗之中就隐藏着蛇或美洲狮。想到这里，背上不由感到一丝寒意。不过即便有意外发生，我想我也能欣然接受命运的安排，真到那一步也没办法。这种不可思议的被动姿态是这次行程教会我的。在这块严峻的自然力量与政治势力导致的血腥又充满悲剧色彩的土地上，在这片蔚蓝的天上秃鹰盘旋、充斥着生命恶臭的空间里，自己是被洪流猛然吞噬，还是舍弃所有转而去掌握某种强大的力量？二者只能选其一吧？这么一想，原本离自己如此遥远的南美文化仿佛一下被推到了灵魂近前。

第二天清晨醒来，看见遮挡住阳光的厚厚的帘幕间有个人影，吓了我一大跳。之后，睡得迷迷糊糊的脑袋终于想起我是和这个人一起来旅行的。在我为数不多的和他共有的记忆中，喜欢早起的他好像总是以这副姿态望着窗外，这幅画面对我有着难以抗拒的诱惑力，或许我会爱上他也多少和他常常摆出这副姿态有关。他的背微拱着，双手抱膝，脸紧紧贴在窗玻璃上。此刻，在他前方，在他魂牵梦萦的壮丽的瀑布一隅，虽然距离遥远，但那奔腾恣肆、水花飞溅的英姿依然清晰可见吧。

在我起身去眺望窗外之前，我曾尝试想象昨夜漆黑一片难以看见的窗外那壮阔的绿与水，不过我更为在意的是他脑子里此刻正在琢磨的事。他是怎样的心情？从背影甚至看不出他是在按捺不住地欢欣，还是仅仅在发呆。

我跟真二的相识源于一次采访。之前工作的出版社要出一本西班牙旅行指南，我碰巧去采访了当时一直待在日本的他。那时的我虽然已和丈夫分居，但还维系着婚姻关系，而他也已在西班牙跟公司里的一名日籍女员工结了婚。但是这些几乎都未构成障碍，我们俩自然而然地走到了一起。

　　我们的交往过程波澜不惊。

　　想来都让人觉得两个人是不是都太笨了。我们之间既没有爱得死去活来，也没有闹出什么轩然大波，连开端都像中学生那样笨拙。记得那是一个大雨滂沱的夜晚，他打来电话问能不能让他来避避雨。我说，要来就留一夜吧。那一夜什么事也没有发生，我们看了大半夜电视，做了炒面吃，不知不觉就沉沉睡去了。第二天，大雨仍下个不停，在昏暗的晨光中，他也是以那副姿态向窗外眺望。

　　"下雨的星期天真不想出门啊。我可以再待一会儿吗？"他问我。

　　我竟会如此在意我无名指上的那枚结婚戒指，

这点连自己也感到惊诧。一回神，发现自己总在盯着它。以前每当听到周围什么人出轨的传言，我都一直庆幸自己与他们不同。我很有分寸，生活也很平静，偶尔与丈夫见见面，要是哪天不小心跟他有了孩子，那就再复合好了……就在我无所谓的人生中，这样一个好像让胃部灼痛似的清晨突如其来。雨水像是翩翩扬起的灰色薄膜，被风吹着流过街市。树枝呜呜摇摆，给犹如静止画面的世界抹上一笔浓墨重彩。房间里光线朦胧，他的椎骨弯成一张弓，线条优美至极。

"好。"

说完，我和他并肩坐下，向窗外望去。窗外较想象的更加无物，我却感叹：好美的雨！

那一瞬间，幼时的回忆突然清晰地涌上心头，情感巨浪冲击着我，仿佛小女孩的感性又回来了，我不禁眼中噙泪。为什么竟会遗忘？为什么紧要的事情总是被无情地忘却？这样说来，很早以前就曾发生过这样的事，可我却……不禁愕然。

不错，我的人生非常平稳，什么稀奇古怪的事都没发生过。除了小时候，就那一回，有过一桩非常奇妙的事。

那时我七岁，正值祖母病危。父母是表兄妹，因此在哄我这个独生女睡下之后，他们都要去医院守夜。

我算是个胆大的孩子，毫不介意被留下看家，仍然记得那天晚上我跟父母道别后送他们出门的情景。我一直都和祖母买给我的那只毛绒小熊一起睡，那天晚上也不例外。我知道有什么不好的事发生在了祖母身上，可尚不能说已经完全理解了死的含义。我只是非常流于形式地天真地祈祷可以再见到奶奶，然后就睡了。

家里没有人，那感觉就像是被冷藏在冰箱里的水果，悄无声息，无人关注，只有时间静静流走，冷彻心底……我睡得很浅，从梦中惊醒时，天已蒙蒙亮。天上响彻鸟的鸣叫声，高远而清脆。我下意识伸手摸摸睡在身旁的小熊，可怎么摸也摸不到，睁眼一瞧，不觉一下跳起来：小熊不见了！

我迷迷糊糊地坐起来环视整个房间，这才发现，不知为什么，小熊竟然背对着我坐在阳台上，脸贴着大玻璃窗，像是在向窗外张望。家里又没有别人，会是谁干的？我直打哆嗦。可是越胆怯就越害怕，于是走到窗边，站在小熊身边向外面看去。好美的黎明！淡蓝与粉红反射在云层之上，整个世界像被环抱在某个美丽的祝福咒语之中，仿佛不会有不幸降临，就像有神仙用一把色彩绚丽的透明扫帚赶在天亮之前把昨天产生的污垢一扫而光了似的。

要是小熊想看外面，那就让它看个够吧，我真心实意地这样想着。但还是犹豫了一下，因为它那向窗外眺望的背影让人感到凄凉与悲苦。我还是抱起它，又一起回到床上。

祖母在半夜过世了。

至今我也弄不明白那到底是怎么一回事。

看来最恰当的解释应该是，幼小的我由于不

安，一时出现了梦游症状。我也劝说自己接受这种说法，不过还是有一丝忌惮。那只小熊至今还放在我房里，而为什么没有扔掉它，已完全记不得了。

那天清晨，呈现在小熊面前的是一大片美丽的橘黄色云彩，黎明美得让人倒抽一口凉气。还未遭受到汽车尾气污染的大气是透明的，单单看看似乎都可以感受到风儿吹拂而过的清爽。尽管如此，我却满怀悲凄。或许是因为害怕祖母死去，或许是因为家里除了我孤零零一个人外再无声息的那份静寂。我紧紧抱住小熊睡下。

人的一生中所感受到的凄凉或许就像是小熊的背影，即便从侧面看去也让人一颗心为之揪紧，但如果转到正面，说不定小熊却是在兴奋地眺望着外面美丽的风景，或许还在为那异常的美而感到欣喜呢。那天早晨，最孤独的是把脸深埋在小熊身上睡去的我的心吧。先是父母的父母去世，然后某一天父母也会死去，接着是自己……这种人生的真实滋味悄然逼近孩子专属的那个永恒的梦想世界。我可能是从那气息中嗅到了某种深不可测的东西。

　　草草吃完早饭，我们出发去看瀑布。他兴致很浓，说是要从各种角度看一整天。然而无论走到哪里，瀑布都伴随着震耳欲聋的轰鸣，壮观得无法一眼尽览。平时在东京看惯了微缩东西的我，眼睛像是丧失了感知瀑布大小的能力。比例尺、距离感也都在那份壮阔下失去了概念，人就好像置身梦中一般。

　　在公园中漫步，不时会遇到一些小型瀑布，就像大瀑布洒下的碎屑。说它"小"，其实规模仍然大得惊人，水量浩大，磅礴而下，那气势就像是把水桶掀翻了一般。站在桥上总会全身湿透。不知为何，水色泛着黄，那混浊的水汇成激流，激扬起片片水花，在蔚蓝的天空下咆哮着奔流而去，一道小小的彩虹横悬其上。

　　而远处那巨大的瀑布上挂着好多道彩虹，宛如美丽的蝴蝶在瀑布边翩翩起舞。瀑潭壮阔如海，溅起的飞沫仿佛多股细丝捻成的白线。周围的人都在纷纷议论："真遗憾，今天的水不够清。"可我却觉得，碧蓝色的晴空与灰褐色的浊流形成的鲜明对比反而让人感觉格外痛快淋漓，无论看多少回都同样震撼人心。这种色彩搭配最能彰显瀑布的雄伟气势，让人一眼看过再难忘怀。

上周我们还在布宜诺斯艾利斯时，在酒吧里遇到三个说是大上周去过大瀑布的荷兰人。其中两个年轻男子显然是同性恋，另外一个是坐着轮椅的老太太。这三个人都特别爽朗豪放，他们一杯一杯喝着啤酒，肆无忌惮地大声欢笑。当老太太想去厕所时，那两个人立刻体贴入微而且手脚麻利地推着她去了。这么奇怪的一行人，也不好问他们是什么关系。真二小声对我说："听说，在荷兰和残疾人一起旅行，国家是要支付费用的呢。"然而，看到他们那么快乐，我脑海里所能浮现出来的，除了"Give & Take（公平交换）"一词之外再无其他。

他们之间的关系并不黏黏糊糊，而是有一种简单干脆的冷静。我想如果是日本人，怕要互相说着客气话，处处有所顾虑，说不定结果搞得一团糟。我甚至觉得在这方面真应该向他们学习，从他们身上感受到的是一种无法言传的成熟的平衡感。我与他们谈得甚是投机，他们一直告诫我们说皮鞋不行，湿透后会粘得满脚是泥。于是我们俩第二天就去上街买鞋。

大街上人潮拥挤，年轻人、老人、外国人、当地居民、小偷、修女、婴儿、情侣交织在一起，个个衣着艳丽。像这样只是为了消磨时光而信步于傍晚街头的人们和他们脸上的神情，真是久违了。在东京，动着的人似乎都带有明确的目的，否则就窝着休息。而得空可以漫无目的闲逛的这种人脸上有一种独特的神情，能够让人们浮躁的心趋于平静。此时，时间也会像橡皮筋一样被柔柔地拉长。

巴黎傍晚的咖啡馆中，等候朋友的人也是这般神情。淡淡的阳光下，要上今天的第一杯酒，一整天的疲倦仿佛都会消融在夕阳的余晖中。

我们的心也随着这不可思议的活力而雀跃不已。不是因为可以喝上一杯，不是由于工作终于结束，也不是在期待丰盛的晚餐，只因为徜徉在这份活力之中。我们每个人被晒红的脸上都在诉说着同样的心情。

我们俩走进一家廉价鞋店，想尽量挑双价格便宜的运动鞋。我想要一双蓝色的鞋，真二想要红色的。这时过来一个店员，他邋邋遢遢地穿着一身又难看又不合身的店服，跑前跑后地找我们要的鞋码。看起来他只有十几岁，长得很英俊。但当我坐下试鞋时，却看到一大片伤疤占据了他的半张脸。

"是交通事故？"真二问他。"是啊，骑摩托车撞了，还好命保住了。"说完，他眯起那双大大的眼睛嘻嘻笑了，随后又若无其事地跑去找鞋。"抱歉，红色的只有样品了，同一款蓝色的来两双怎样？"他还是笑嘻嘻的。于是，我们买下了同样的一款，之后也一直穿同样的鞋。相知甚少的两个人

却穿着一样的鞋，想来真是奇妙。对于那个店员，我常常会冒出犹如初恋少女般的纯真念头。当看到窗上映出他的胸部，我会疑惑：咦？那不是我的身体吗？我们的手长得也很相像，还有同样瘦骨嶙峋的脖颈，以及穿鞋时脚背的形状。每当看到那两双鞋，我都会想起他脸上那像是经过特殊化妆的伤疤。他应该不曾沉浸在事故的伤痛中无法自拔吧，这是他给我的感觉。他在想些什么呢？是在想总有一天会治好，还是打算攒钱做手术，或者觉得无所谓？我对此并不清楚，但我知道他并没有因此而烦恼，那张俊秀的面孔总是笑盈盈的。他笑着说："来两双吧！"

瀑布看得太多，眼都花了，我们决定下午去乘直升飞机。吃完午饭，我们在酒店花园里散步，看到有块地方被一根细细的打包用的青绳围了起来。真二问路过的清洁工是怎么回事，那个大叔听了，立刻阴沉着脸说："发生了一场惨祸。"

"出什么事了？"

"在这儿玩的一个小朋友遭到美洲狮袭击了，还是大白天呢！"大叔说完就走了。

"美洲狮可不管你是在绳子里面还是外面。"

"只是为了敦促大家注意吧。"

"再注意，结果也还是一样的吧。"

"也是。"

我们两张晒得红红的脸对望了一下，点点头。

抬头望天，一只秃鹰展开巨大的翅膀掠过，只见一个漆黑的剪影悠悠然盘旋于长空。

"回去后一起住吧。"真二突然对我说。

"我都还不知道你用什么牌子的眼药水呢。"

"总能解决的。再说，住在一起就是为了增进了解啊。"

"可是，我还没离婚呢。"

"离啊。"

"我也是这么打算的，离也可以。不过，你呢？"

"我已经离了。"

"什么?"

"所以我才回日本的啊。大家都在一个公司不好相处。再说,她还有个西班牙情人,早带着女儿再婚了。"

"我一直觉得问你那些事不好,就没提。"

"你没问到的事太多了。"

"可人家是害怕问啊。"

"我这次回国戒指都没戴,你怎么没注意到呢?"

"原以为你是顾及我,所以和我在一起时摘下来了。"

"是嘛。"

真二脸上掠过一丝不快,不作声了。

我一时无法适应如此快的进展,也沉默起来。

不过后来回想起来,还是认为这幅场景应该算是十分幸福的,并排的两双脚穿着同样的鞋。等鞋子旧了,鞋带断了,到了该扔掉的时候,也许还在一起，也许。

也许我们还会肩并肩，怀着同样的心情向窗外眺望。

我在等候载着前一拨人的直升机返回时想：要是我们乘坐的直升机在这里掉下来，今天可就是意外连连了。一个马考族①的小贩过来兜售手编的幸运手链，颜色各种各样，很漂亮，有粉红的、草绿的，还有蓝的。我买了一条戴在腕上，祈祷不要坠机。我最讨厌上到高处去，可是从上空俯瞰瀑布的渴望还是占据了上风。而真二坐惯了直升机、小型飞机之类的，所以神色泰然，看上去兴致勃勃。

直升机的轰鸣声震耳欲聋，大风卷起头发，终于要登机了。这时在我脑海里浮现的却是此次行程中每天都能从车中望见的那沉入丛林的夕阳。坐在车里，身上、脸上都被晒得火辣辣的，冷气只能给

_____

① 美洲原住民之一。

皮肤表面降降温。司机不停喝着马特茶，用西班牙语咒骂着其他车辆。真二酣然入睡，而我注视着如血的残阳慢慢落入那一片郁郁葱葱的丛林之中。不可思议的火红和淡粉色的光线经云层反射，展开一幅令人目眩神迷的画卷。这样的世界一天一天周而复始，不厌其烦，而在我的生命中，却只能看到屈指可数的几次，我不禁诅咒生命的短暂无常。它就是美得这般让人窒息，如果能够每天见到，我想我对于突然死亡的恐惧也会变淡。我久久凝望，不忍错目，直至入夜，繁星如灯火般开始浮现在清澈的藏蓝色天幕上。

我只顾留意螺旋桨发出的巨大噪声，不觉间直升机已腾空而起，瞬间远离地面。停机坪看起来就像是打在地面上的一个白色 H 形烙印，那个卖东西的马考族大哥身上艳丽的服饰也渐渐缩小为一朵鲜艳的小花。

惊恐不安的我像蛇一样紧紧缠住真二的胳膊。

瀑布如同蜿蜒盘旋在郁郁密林中的长蛇一般。

红土的颜色与浊流混杂在一起，形成一幅奇妙的景象，就像无数匍匐在<u>丛</u>林中的虫子向四面八方爬去，在大地上舞动着，最终所有瀑布都注入一处巨大的裂缝之中。多么具有感官刺激的画面！我不禁感叹。原始意义的世界原封不动地出现在这个世界上。阴与阳，男与女，怎样称呼都好，总之是相反的两股力量在相互撞击之下诞生了地球。对于面前这幅景色的强大冲击力，我只有叹服，在迷乱中久久、久久地凝视。真二的臂膀滚烫，此时此刻，在螺旋桨的噪声中，在几乎要被眼前的壮丽景色吸进去的意识中，人类肌肤令人毛骨悚然的柔软和脉搏跳动传导而来的鲜活让人感到格外强劲有力。

后　记

　　有许多人私下议论，说我这次阿根廷之行是否只是陪幻冬舍的石原先生去买吉他的。现在旅行的成果出来了，它成了一本很好的书。这是我的第三次阿根廷之旅，我终于从中找到了写小说的诀窍。这回自我感觉写得相当不错，也希望诸位能手不释卷，一直把这个系列读完。还请不吝赐教。

　　虽然自认为旅途中的所见所思基本都已写入小说，可还是想附上这篇短短的后记，希望可以对将要去阿根廷旅游的朋友有所裨益。

　　先在此鸣谢"日本旅游观光系统（JTS）"的各位朋友，特别是负责此次行程的梶原先生及其父母，还有当时住在阿根廷的他的朋友们，与诸位的倾情交谈使我从中领略到了日本经济高度增长期父辈们的风采。

感谢为我们做向导的各位朋友。

谢谢同行的诸位！作为唯一的女性，有幸受到了大家的特别照顾，使我感觉一时间似乎得以管中窥豹，了解到了美女的精彩人生片段。看来下次还是应该去没有女人的地方。

另外，衷心感谢在车辆穿梭的街道正中拍照的山口昌弘先生，还有原增美女士，她画出的阿根廷空气比小说中描述的更为清澈，也更沉重。做出了单凭一己之力无法完成的图书，没有比这更棒的了。安排行程计划的铃木喜之先生，您也辛苦了！希望看完此书后，读者也能像我这个旅行前对阿根廷一无所知的人一样，可以好好享受阿根廷。如果您去旅游碰巧来到同一处地方，能想起"那个故事里的主人公就是在这里吧"，我将非常开心！

最后也感谢各位读者朋友。虽说在旅行方面我是公费出游的生手一个，但希望至少小说可以让您满意。我将以此为目标继续努力写下去。

《电话》中写到的位于佛罗里达大街的酒店实际上就是我想要入住的阿拉维尔宫酒店。佛罗里达大街的确是一条活力四射、充情乐趣的街道。我们从瑞科莱塔公墓出发走了很远，那是一条令人身心愉悦的散步线路。其实我们住在了洲际酒店。原为"TAKE THAT"组合成员之一、后来单飞的那个歌手……也住在同一家酒店，因此追逐而至的那些可爱的歌迷们当真一直围住酒店。我见到过那位大明星，他站在电梯里询问原女士是否上去，原女士则笑着回答说："您先请。"这就是音乐世界里的交流……

说起布宜诺斯艾利斯，给我留下深刻印象的饮品，要算"沙布玛利诺"。这是一种类似热巧克力的饮料，往热牛奶里加进特制的巧克力，溶化之后再喝，味道极为可口，直到现在还回味无穷。还有一种类似的瓶装饮料"SINDOR"，味道也很不错。

"卢汉的圣母马利亚"精致而素朴，颇具风韵，真的很棒。

在科隆大剧院，观光客队伍中竟有小偷混入，害得我提心吊胆。共和国大街上有个方形尖顶塔，据说以前是允许登上去的，但四十年前曾有人因为失恋而跳下自杀（那人真有胆量……），因此被封闭起来了。而山口先生为了追求满意的角度，竟然站在了大街正中央拍照！

《最后一天》提到的提格雷河之旅，沿途看到了太多不同的住宅，贫富之差竟然如此显著，实在令人感慨。

《小小的黑暗》中有购买吉他的情节，我们的行程表上也安排了乐器店这一项。这家乐器店是幻冬舍的石原正康先生在东京遇到来自阿根廷的吉他演奏者时特地咨询到的，的确名不虚传，店里每一件用蓝花楹制成的精美吉他都是一件艺术品，能够欣赏到它们，本身就是一种幸福，真羡慕那些会弹奏吉他的人。石原先生当然不会错过，也买了一把，那把吉他一直陪伴我们走完全程。

瑞科莱塔公墓是一片静谧而秀美的空间，我想："若能长眠在此，也是美事一桩。"

《法国梧桐》中的门多萨种有许多梧桐，是一座我颇为喜爱的小城，甚至想在此定居。再稍走远些可以看到阿空加瓜山（行程表上列有山的名字，可未能真正登山。从市内出发乘坐约两小时的巴士才眺望得到山峰……但绝对值得一去！），沿途还有古桥、原住民遗址、滑雪场、温泉遗址等景点，我看到了许多此前的人生中从未见过的美丽风景。

住的酒店年代久远，很是古老。

那里位于公园正前方，当时寒风凛冽，梧桐枯叶漫天飞舞。尽管如此，仍不失为一处不错的落脚点，无论是咯咯作响的窗户，还是窄小的床铺，都感觉与这小城的氛围正相匹配。这条街上有家名为"CLASS"的咖啡馆（位于萨米恩托路步行街与圣马丁大街的交叉处），尽管没什么特殊之处，我却极其喜欢，就算只有我一个人也要去。无论氛围、地点、菜谱、菜量，还是适宜久待的程度、拥挤程度，那里都无可挑剔，算得上我理想中的咖啡馆了，直到现在仍然时常幻想秋天时能够再去。在那儿我们也喝到了"沙布玛利诺"。还有那家颇有名气的意大利餐馆"TREVI"，就位于酒店楼下，玻璃窗大大的，服务生都是些老爷爷，这很让我担心。但饭菜和葡萄酒都很美味，特别是自制的提拉米苏，连翻译亚里桑德拉这个极爱吃甜食的地道意大利人都大叫："太好吃了！真是让人难忘！"最后那篇《窗外》中出现的鞋店其实就在这条街上。那个店员确实伤痕累累，但人十分开朗。在这里，我和铃木先生买了两双同款的鞋子，不过我们俩并没有小说中的那种暧昧关系……啤酒屋也真实存在，还有那个奇妙的荷兰人组合，他们都如此协调地融入了这恬静的小城之中。

　　周边有许多葡萄酒厂，参观时喝到的味道碰巧不是很好，但阿根廷葡萄酒基本上口感还是不错的。我感觉或许保存方法有问题，或许是因为气候原因，陈年老酒反而不如新酒。新酒价钱便宜，可以喝个痛快，味道也很不错，事实证明基本如此。那里还有许多智利葡萄酒。

　　"蜂糖水"是母亲造的词。直到现在，每逢感冒还是很想喝。那些身穿黑衣的母亲（她们都已成了老奶奶）的队伍很是让我心痛。过去我曾看过一部半纪实性的悲剧影片《铅笔之夜》[1]，了解到军队执政时期那些被抓走的孩子遭受到如何恐怖的拷问，又如何死去。因此，当看到他们的母亲如今一方面仍在继续悲痛的游行，另一方面又不得不正视失去孩子的日常生活，彼此闲话家常，这让我感到特别难受。而与此同时，生活困苦的布宜诺斯艾利斯小偷却集合在一起，瞄准了观看游行的游人。

　　《日暮》中提到的那家三明治屋位于三宿，作

────────────

[1] 《Night of the Pencils》，一部描写阿根廷军政府时期的影片。其中"铅笔"是当时军人对学生的蔑称。

品就是在那里构思的。当时正赶上朋友流产，灵感来源于想写给她的信。在我印象中，传教团是"破坏原住民生活的基督教"，而那处遗址与之前的印象有所不同，非常和谐宁静。感觉那些传教士都是擅长体力劳动的万能人士，他们受到了瓜拉尼人的爱戴，大家共同营造出一处和谐的空间。这里虽然只存在过瞬间的和平，在历史的洪流中仅是昙花一现，但作为遗址保留下来，可谓意义深远。

　　当我们涉足从一处遗址前往另一处遗址的国境线时被拦了下来，车也被持枪的士兵没收了，一行人在炎炎烈日下等待下一辆车。看我老有些害怕，石原先生就开玩笑说："不会吧?! 在这儿等下去，都要给晒成'黑面'①的女高中生了!"我的行李差一点被打开检查。这时我想起我的一位画家朋友——住在科隆的奈良美智②的一件往事，他告诉我说："我打算把要洗的衣物都带回日本再洗，所以乱七八糟都塞进行李箱了，可没料到在行李检查

---

① 日本年轻女孩中间流行的一种面部妆容，以黑色为时尚。
② 日本现今最具人气的流行插画艺术家，代表作品是大头哀怨娃娃、洁白驯良的狗和身着绵羊装的儿童等，人物形象往往带有天真与反叛的双重特征。曾和吉本芭娜娜合作，为她的书绘制封面。

处给打开了，这一下脏衣服都暴露出来，臭烘烘的可丢人了！"我听了还在一旁发笑，真是不应该。什么事情都是不亲身经历就体会不到啊。

《窗外》中写到的酒店是伊瓜苏国际酒店，无可挑剔！详情请看小说。真想在这里再住上一晚。

关于伊瓜苏大瀑布，建议还是从各个角度（从阿根廷这边或从巴西那边，乘船或搭直升机，可以有多个观光场所和方式）欣赏一下。在直升机上，我一直像小说中写的那样抓住石原先生的胳膊不放，仅仅是因为我有些害怕，两个人绝无其他不明不白的关系。虽说提心吊胆，但景致美不胜收。

那么壮观的大瀑布，现在回想起来还恍如一场梦。

旅行结束的前一天，我们去了巴拉圭的"修德·德尔·埃斯特"，这是一个极大的黑市，水货充斥着整个市场。其中虽然也有能够以低廉的价格买到名牌产品的大商场，但我已经完全无法分辨，看什么都像是假货了。所有的地摊上都摆着高档手表……摊主说："螺丝上没有劳力士标志的十美元，有标志的工艺精细，要十三美元，当然了，两种都是真货！"肯定是假的啦！可市场里人流如织，对此我就不好加以评论了。电器产品都很便宜，看上去也都可以正常使用，当地人都把这里看作低价位市场经常光顾。

我还吃坏了肚子（爱吃肉的我天天吃肉也吃不消），疼痛渐渐升级，最后发展到近似贫血的症状，心里总是发虚。翻译亚里桑德拉更严重，夜里吐了好几次，什么也吃不下去。在巴西期间，他一直呻吟着说想吃常服用的某种药。抵达机场后，在自由活动时间一个人闲逛时，我终于看到药店里在零售他提过的那种药。我想，这下可好了！后来见面时一问，他却拿出一种不知是什么的药给我看，并说："我也看到了，可药店的人说这种更有效，我就买了这个……"我看不太懂成分说明，但看到了"颠茄"一词，心想那不是有毒吗？我终于明白了，一直渴求的东西出现在眼前的瞬间，人会有像突然间着了魔的感觉。想到着了魔的亚里桑德拉，我不禁莞尔。这就是人的本性吧。

再见了！感谢您阅读这本书！

吉本芭娜娜

一九九九年秋　东京

附录·旅游行程表

1998 年

● 4/ 18

17：45	新宿站新南口集合
18：11	从新宿出发（成田特快）
19：31	到达成田机场第二候机大厅
21：00	登机手续（JAL064）
22：00	飞机起飞
15：10	（洛杉矶时间）到达洛杉矶机场
17：40	（洛杉矶时间）起飞

● 4/ 19（以下时刻为布宜诺斯艾利斯时间）

8：20	到达圣保罗（瓜鲁琉斯机场）
11：20	飞机起飞（AR1441）
14：30	到达布宜诺斯艾利斯
	与当地向导托马斯马克会合，乘巴士前往酒店
15：50	入住洲际酒店

18：45	在中庭集合
19：00	徒步外出，在夜色下的五月广场附近散步
19：30	在"Café Tortoni"喝咖啡（市内最古老的咖啡馆） ※Submarino
20：30	出发
20：50	徒步返回酒店
21：00	在酒店内的餐厅"Mediterraáneo"用晚餐 ※番茄沙拉、干番茄与黑橄榄意大利面、黑加仑鸡尾酒等
22：40	结束

● 4/20

9：30	乘巴士从酒店出发
9：45	国会议事堂前
10：15	总统府（Casa Rosada）、五月广场
10：25	出发（仅此时走下巴士，乘坐地铁）
10：40	科隆大剧院（世界三大歌剧院之一）
11：00	开始参观剧院内部（英语导游）
12：15	出发 乘坐巴士
12：45	博卡地区（卡米尼特、博卡港 ※博卡美术馆休馆）
13：15	出发 乘坐巴士
13：40	西班牙大餐"El Imparcial"※炸乌贼、贻贝、帕艾利亚①等

———————————

① 一种南美菜肴。

15：00	出发 乘坐巴士
16：15	提格雷（包船游览巴拉那河）
17：25	出发 乘坐巴士
18：20	返回酒店
19：50	再次集合
20：00	乘坐巴士去吃晚餐
20：15	晚餐"La Chacra"（莱提罗地区）
	※牛排、沙拉、西班牙式香肠、冰激凌、葡萄酒
	(San't Elmo Martins)
21：50	出发
22：00	到达"Casa Blanca"
22：15	探戈秀开演（魔术、民谣等）

● 4／21

11：00	从酒店出发（徒步）
11：20	乐器店"Antigua Casa Nuñez"巴瓜内拉地区（古典吉他）
12：30	出发
12：40	近旁的咖啡馆"Los Maestros"
	※大号比萨、酸橙汁
13：15	出发 乘坐出租车
13：30	回到酒店
13：35	从酒店出发（乘坐巴士去拉普拉塔观光）
14：50	儿童王国（贝隆夫人为孩子们建造的微缩布宜诺斯艾利斯）
15：30	出发

16：00	莫莱诺广场、大圣堂
16：10	出发
16：20	Museo de Ciencias Naturales（自然科学博物馆）
17：00	出发
18：30	到达酒店
20：10	再次集合
20：15	从酒店出发（徒步）
20：30	意式餐馆"Broccolino"
22：55	出发　夜间在城中散步、购物
23：45	返回酒店

● 4／22

10：00	从酒店出发（巴士）
10：20	瑞科莱塔公墓（参观贝隆夫人墓）
10：40	出发
11：55	"Santa Susana"牧场牛仔节
13：00	午餐（阿根廷烤肉）
14：20	牛仔秀开始
15：15	结束　在室外观看马术大会
16：00	出发（巴士）
17：10	到达酒店
19：45	再次集合
20：00	出发（乘坐出租车）
20：15	日式餐馆"北山"
	※寿司、炸虾盖浇饭、鸡肉饭、烤肉串、饺子
22：00	出发

22：15 在"Señor Tango"看探戈秀

0：30 结束

1：00 乘接送巴士返回酒店

● 4/23

11：00 从酒店出发（出租车）

11：20 圣马丁广场

     在佛罗里达大街购物（徒步）

12：30 咖啡馆"City Corner"※Sindor

     乘出租车返回酒店

13：35 从酒店出发（巴士）

14：40 服饰店"Silvia & Mario"（羊绒衫）

14：45 五月广场

15：30 五月广场上的母亲游行开始

15：45 出发（巴士）

17：00 卢汉（大教堂）

17：40 出发（巴士）

19：05 抵达酒店

19：45 再次集合

19：55 出发（巴士）

20：15 书市会场"Feria del Libro"

21：00 出发（巴士）

21：10 晚餐"Cabaña Las Lilas"（贝鲁特·马特洛地区）

     ※牛排、沙拉、甜点和巧克力冰激凌葡萄酒

     (Luigi Bosca)

0：05 乘坐巴士返回酒店

● 4/24

11：00	在大厅集合、退房
11：35	出发（巴士）
12：05	抵达机场
13：30	起飞（AU2422/※晚点 20 分钟）
15：30	抵达门多萨，乘坐巴士前往市内 (导游是彼特莱·马丁)
16：40	入住酒店 "Plaza"
17：30	在大厅集合
17：45	徒步游览附近的广场、美术馆等
18：15	咖啡馆 "Class"
19：30	再次徒步
22：00	意式餐馆 "Trevi" ※葡萄酒（Lagarde）

● 4/25

8：10	从酒店出发（全天乘坐巴士辗转）
9：15	休息
10：30	在 "Hostal Los Condores" 休息
10：55	出发
11：20	古桥 "Homenaje de Vialidad Nacional al Ejercito Libertador"
12：15	滑雪场（观光电梯）"Los Penitentes"
13：00	阿空加瓜山
13：30	Sentenario（温泉）遗址
14：10	午餐 "Hospedaje Hostalia" ※葡萄酒 Toso

15：25	出发
18：10	抵达酒店
21：00	在"Class"咖啡馆集合（徒步）
21：15	"La Marchigiana"（意式）
	※葡萄酒（Montchenot, Trapiche Medalla）
23：35	结束
24：00	抵达酒店

● 4/26

10：00	从酒店出发（全天乘坐巴士辗转）
10：35	"Museo del Vino San Felipe"
	参观葡萄酒厂
12：00	试饮会
12：50	出发
13：15	午餐"La Marchigiana"（昨晚那家店的连锁店）
15：20	出发
15：40	乡土史博物馆"Museo del Area Fundacional"（喷泉遗址等）
16：45	出发
17：00	埃斯巴尼亚广场
17：30	圣马丁公园
18：00	光荣之丘
18：30	抵达酒店
20：30	徒步从酒店出发
20：45	晚餐在市内的麦当劳
21：10	散步、购物

| 22：00 | Paseo Sarmiento 大道旁提供生啤的酒吧 |
| 23：30 | 抵达酒店 |

● 4/27

8：40	退房
9：10	抵达机场
10：15	飞机起飞（AR1523）
12：00	抵达布宜诺斯艾利斯
15：40	晚点起飞（AU2556）
17：20	抵达波萨达斯
	与当地导游斋藤信雄会合
18：00	乘坐巴士（从阿根廷穿越国境到巴拉圭）
19：00	抵达酒店"Novotel"
21：00	在酒店内晚餐 ※虾、鸡尾酒等

● 4/28

8：15	从酒店出发（全天乘坐巴士辗转）
9：10	特立尼达遗址（恩卡纳西翁）
10：00	出发
11：00	在国境处止步
14：05	通过国境
14：15	午餐"Espeto del Rey"（阿根廷烤肉）
15：25	出发
16：30	圣伊格纳西奥米尼遗址（阿根廷一侧）
17：10	出发
18：30	在加油站休息

20：55	抵达伊瓜苏国际酒店
21：20	在酒店内用晚餐

● 4/29

10：05	从酒店出发，徒步游览步行街
11：30	返回酒店
11：45	乘坐巴士出发
12：05	眺望三国国境交界点（伊瓜苏河与巴拉那河交汇点）
12：15	出发
12：40	进入巴西境内
12：55	午餐"Miyako"（日式）※味噌拉面等
13：55	出发
14：30	乘船丛林游（换乘吉普车至乘船处）
14：40	游览伊瓜苏河
15：20	结束
15：35	乘车前往酒店
15：45	入住酒店"Hotel das Cataratas"
18：00	再次集合
20：00	在酒店内餐厅"伊达利普"用晚餐
22：00	结束

● 4/30

10：20	从酒店出发（全天乘坐巴士辗转）
11：20	过桥，在巴拉圭边境小镇修德·德尔·埃斯特购物

12：15	出发
	再次返回巴西境内
13：00	午餐在"中国饭店"
13：45	出发
13：50	特产店
14：20	出发
14：35	伊瓜苏大瀑布、巴西一侧游览步行道
15：35	出发
16：00	直升机场（乘坐直升机俯瞰伊瓜苏大瀑布）
16：40	结束
17：15	抵达酒店
19：30	在酒店所属半室外烧烤吧"Ipé"用晚餐
	※葡萄酒（Cousino Macul）

● 5／1

11：55	退房
12：30	午餐"Galeteria La Mamma"（意式）※葡萄酒
	（Marcus James）
13：55	出发
14：05	野生鸟类公园（Parque das Aves）
15：10	出发
15：15	矿物公园（Mineral Park）
15：40	出发
15：50	抵达机场
16：00	办理登机
17：00	飞机起飞（TR460）

19：30   圣保罗（到达机场）

● 5/2

0：20   从圣保罗出发（JAL063）经由洛杉矶

● 5/3

13：15   到达成田机场

行程结束

图书在版编目(CIP)数据

不伦与南美／(日)吉本芭娜娜著;李萍译.
—上海:上海译文出版社,2018.11(2023.5重印)
(吉本芭娜娜作品系列)
ISBN 978-7-5327-7784-6

Ⅰ.①不… Ⅱ.①吉… ②李… Ⅲ.①中篇小说—日
本—现代 Ⅳ.①I313.45

中国版本图书馆 CIP 数据核字(2018)第 086314 号

FURIN TO NANBEI
by Banana YOSHIMOTO
Copyright © 2000 by Banana Yoshimoto
All rights reserved
Japanese original edition published by GENTOSHA INC., Japan
Simplified Chinese translation rights arranged with Banana Yoshimoto through
ZIPANGO,S.L.
Drawings © Masumi Hara

图字:09-2006-017 号

不伦与南美	[日]吉本芭娜娜 著	出版统筹 赵武平
不倫と南米	李 萍 译	责任编辑 刘 玮
		插 图 原增美
		装帧设计 尚燕平

上海译文出版社有限公司出版、发行
网址:www.yiwen.com.cn
201101 上海市闵行区号景路159弄B座
江阴市机关印刷服务有限公司印刷

开本 787×1092 1/32 印张5 插页8 字数 48,000
2018 年 11 月第 1 版 2023 年 5 月第 2 次印刷

ISBN 978-7-5327-7784-6/I·4772
定价:46.00 元